KB034714

문학과지성 시인선 **581**

거침없이 내성적인

이자켓 시집

문학과지성사

문학과지성 시인선 581

거침없이 내성적인

초판 1쇄 발행 2023년 3월 6일
초판 2쇄 발행 2023년 6월 23일

지은이 이자켓
펴낸이 이광호
주간 이근혜
편집 윤소진 김필균 이주이 허단 방원경 유하은
마케팅 이가은 허황 맹정현
제작 강병석
펴낸곳 ㈜**문학과지성사**
등록번호 제1993-000098호
주소 04034 서울 마포구 잔다리로7길 18(서교동 377-20)
전화 02)338-7224
팩스 02)323-4180(편집) 02)338-7221(영업)
대표메일 moonji@moonji.com
저작권 문의 copyright@moonji.com
홈페이지 www.moonji.com

ⓒ 이자켓, 2023. Printed in Seoul, Korea

ISBN 978-89-320-4132-2 03810

이 책은 서울특별시, 서울문화재단 '2022년 첫 책 발간 지원사업'의
지원을 받아 발간되었습니다.

문학과지성 시인선 581

거침없이 내성적인

이자켓

시인의 말

설명서는
한마디 더 얹지 않고
한마디 없거나 참지 아니하고

2023년 3월
이자켓

거침없이 내성적인

차례

시인의 말

축구를 사랑해서

푹 꺼진 소파에 앉아 경기를 보았다
곧 후반전의 킥오프가 진행될 참이었다
붉은색 유니폼을 입은 선수들이 둥글게 모여
서로의 어깨를 잡고 고개 숙인 채 경기 재개를 기다리
고 있었다
마찬가지로 붉은색 유니폼을 입은 관중이
자주색 스카프를 흔들며 연신 소리 지르고 있었다
성냥을 그었고 그때부터 우리의 대화는 시작되었다
관중은 꺼지지 않을 불씨처럼 움직였다

일어날 수 있을까
크게 다친 것 같진 않은데
얼굴이 일그러졌어
발을 디딜 때 다친 것 같아
돌아올 수 있을까
큰 문제가 아니라면 일어서겠지
못 돌아올지도 몰라
꺼져가는 담뱃불을 재떨이에 짓이겼다
저 선수 없이 팀이 이길 수 있을까

대체할 후보는 있어
동물원의 기린처럼 말이야

너는 얼음 같은 나의 입술을 녹이고
서서히 밀착했다
경기는 여전히 큰 점수 차였고
판세는 뒤바뀔 것 같지 않았다
우린 서로 몸을 엎치락뒤치락하며
기괴한 모양새가 되어갔다
긴 다리가 천장으로 바닥으로 향할 때
소파 가죽은 맥 빠진 소리를 냈다
텔레비전에서 아우성이 쏟아져 나왔고
우리는 잠시 고개를 돌려 골 장면을 바라보았다
그물망 안에 놓인 공을 주운 선수는 묵묵히
하프라인을 향해 달려 나갔다

엄청난 골이네
응 엄청나
점수 차를 뒤집긴 어렵겠지만

그래도 아름다워

대각선에서 힘이 실린 슛이었어

관중의 환호성도 대단했지

맞아 대단했어

축구를 사랑해서 그렇지

응 축구를 사랑해서

가끔 선수들이 기린 같아

동물원에 갇힌?

맞아 우리 안에 갇힌

언제든 긴 다리로 우리를 나올 수 있을 텐데

그러지 않아 우리에서 우리의 규칙을 지키고 말아

우리도 그렇지 않아?

서로의 문밖을 나서면 끝인데 말이야

경기가 끝나고 관중은 일제히 일어나 경기장을 빠져나
갔다

선수들은 그라운드에 드러누워 오랜 시간 일어나지 않
았다

모두 축구를 사랑해서

그랬다

그러지 않았을까

제일 멋질 오늘

퐁카는 위층 사는 주민
도통 말이 없지만
묻는 말에는 답해준다

퐁카, 날이 흐린데
오늘도 선글라스 썼네요?
여전히 밝아서요.
퐁카, 이 원피스 이상하지 않아요?
하늘에서 떨어질 때
입기 좋을 만큼 멋져요.

나는 집 앞에서 자주 담배를 태우고
퐁카는 외출이 잦다
퐁카, 어디로 가요?
오늘 제일 멋질 곳으로 가요.
거기가 어디예요?
퐁카는 눈을 바라보더니
미소 짓는다

퐁카의 걸음은 비행 같다
전체적으로 몸이 솟구치면서
한 걸음, 한 걸음 움직인다
걸을 때마다 뒷머리가 찰랑거린다

갈색 나방 하나가
유리문에 부딪히며
계속, 계속 난다
가랑비가 내린다
나방이 유리문을
낮은 궤도로
빠져나온다
물방울로 무거워진다

커피를 마시고
담배를 태우러 나오니
비가 쏟아진다
퐁카는 어디쯤일까
현관 계단에 앉아

홀로 울고 있던 내게
말없이 선글라스를 벗어
건네주던 퐁카
울지 말라고도
울어버리라고도
하지 않던 퐁카
우울한 하늘에서
나풀거리며 내려와
수없이 펼쳐지던 퐁카

당신이 돌아온다면
말할 거예요
당신이 돌아온다면
제일 멋질 오늘

누워서 젖은 몸을 말리는 동안
우리가 엉성하게 자른 버섯으로
느껴지는 해변으로 떠나요
내킨다면, 그래봐요

프랑스에서 영화 보기

조그만 영화관에서는
조그만 자리에 구겨 앉아
조그만 화면으로 영화를 보죠
자막 없는 이국의 영화
그들의 말을 듣습니다
화가 났군요
울컥했군요
고요하네요
신이 났군요
영영 잊었군요

너는 졸고 있습니다
고개를 앞뒤로 꾸벅이다
때론 옆 사람에게 머리를 기대기도 합니다
어째서 내 쪽이 아니라
이국의 관객 쪽으로 머리가 쏠릴까요
그쪽이 편할까요
그편이 나을지도 몰라요
내 어깨는 좁고

녹색 모직 코트는 까끌까끌
네가 내게 기대면 나는 네게 기대고
우리 사이는 극명해지고
그 쓸쓸한 거리를 걸을 테니까

저 배우는 언제부터 수면 위에 떠 있었을까요
평화로워 보여요 속을 알 수 없이
불투명하네요 상영이 끝날 때까지
수면은 맑을 예정이고
너는 잠에 빠져 허우적거리죠
끝끝내 내게 기대지 않는군요
정말? 묻습니다
뭐가? 되물어도
잠꼬대는 끝났어요

수면 밖에서 박수갈채가 쏟아집니다
잠에 취한 네가 먹먹한 박수를 보태고
관객들은 좌석에서 빠져나갑니다
붉은 계단이 잠시 낮아집니다

그 폭만치 내 어깨는 좁아요
이런 어깨에 기댈 사람 있나요?

너의 손이 왼쪽 어깨를 두드리고
이제 가자, 말해요
잠긴 목소리가 나를 데려가요
그곳에 서서 앉고 누워요
눈보라가 부는 파란 지붕 밑으로
수신호 없는 극지방의 벽난로 앞으로
천장에서 떨어진 이구아나가 드러누운 숙소 침대로
엉거주춤하게 모닥불이 피어오르죠
손을 내밀어 덥히면 좋겠지만
이젠 가야 해,
영화는 잊고
이제 가야 해요

그것이 문제라면

구는 냄비에 물을 담고

끓이기 시작했다

기포 올라오고

서둘러 봉지를 뜯어

가루수프와 면 넣었다

불을 최대로 올리고

발코니에 나가 담배 태웠다

구의 산수에 의하면

담배 한 대 태우는 시간은

맛있는 라면을 조리하기 위해

필요한 시간과 꼭 맞았다

주머니가 진동하고

전화받았다

막연히 살겠지, 여긴 친구였다

평야의 소식 전해주었다

드넓게 타오르는 옥수수밭

낫을 휘둘러 가른 길, 튼튼한 장화 걸음

등나무 의자에서 잠든 농장주는 알 리 없는

노을에 잠긴 작업 말미 펼쳐진 밭의 면적

구는 성심껏 대답했다

꽁초를 재떨이에 비벼 끄고

신고 있는 슬리퍼 앞코로

타일 바닥을 재차 두드렸다

구의 냄비에서 라면 끓어 넘치고

기름 섞인 국물 흘러

범벅 되는 와중에도

말 끊지 않았다

부엌과 발코니 사이에 난 쪽창으로

고운 연기 흐르는 동안

　친구는 구의 손톱 건강과 기관지 관리와 반야의 안녕
과 거미줄에 감긴 잠자리 애도와 진흙에 잠길 수도 있는
먼 미래의 발바닥과 사냥터의 유사성, 모닥불에 모여 앉
아 자신을 부르는 사람들의 평안까지 빌어준 뒤에 전화
를 끊었다

　구는 슬리퍼를 신은 채

　부엌문을 열고 발을 디뎠다

　라면 봉지 두 개가 곱게 포개어진

말끔한 부엌

구는 긴 나무젓가락으로 면발을 두 차례 젓고

불을 껐다

높이 건져 올린 면발은

평소보다 조금 불어 있을 뿐 훌륭했다

그것이 문제라면 문제겠지만

떠나기 전에 묻기

세면대에서 멸치볶음을 씻는다
달라붙은 아몬드가 떨어져
물살을 타고 다녔다
둘이 나가면 하나가 돌아오고
수조로 멸치가 가라앉는다
가재는 집게를 뻗어
멸치를 붙잡는다
오물거린다
며칠 쌩쌩하다

멋진 일, 해가 되는 일
태양 바라보기
어항 조명 관리하기
삼이랑 수조에서 꿈쩍 않는
가재를 건졌다
나무젓가락에 걸친
물컹한 육체
일부는 미끄러져 흩어졌다
열대어 사체보다 더

부드럽고 힘이 없다
벗었던 허물보다 더

비닐봉지에 옮겨 담아
화단에 갔다
삼과 호미를 들고
땅을 팠다
순찰 돌던 경비가
손전등을 비추었다
호미로 땅을 찍었다
빛이 거두어졌다
언 땅에 흰 가재를 묻었다
비닐이 부스럭거렸고
삼이 작게 탄식했나
내가 그랬나 경비원이 내뱉었나
뒷정리하고 돌아왔다
삼과 소파에 앉아
수조를 바라보았다

둘이 나가 둘이 돌아오고
셈은 싫다

철산은 떠나고 싶다
가정은 떠나고 싶다
생기발랄 떠나고 싶다
밥때는 떠나고 싶다
삼을 부른 뒤, 떠나고 싶다
중국집 진짜루는 떠나고 싶다
대야에 물을 부었다
모래는 뜰채로 걸렀다
삼은 설거지 했다
싱크대에서 식기가 부딪쳤다
팔꿈치가 부산하게
각도를 바꾸었다
프라이팬을 닦아낸 수세미 하얗게
굳은 기름으로 범벅이었다
제때 씻어둘걸
대야는 무거웠다

물을 전부 버렸다

대야가 가볍다

복어 가요

합정까지 걸을까?
추운데
목도리 빌려줄게
너는?
난 추위 잘 안 타
추워서 머리가 멈췄나 봐
겨울이라 그런가
차디찬 골짜기인 거야
그곳에 도달한 생각들은
모두 얼어붙는 거지
그 골짜기 다 녹여주고 싶다
그럼 범람할 거야
아무 말이나 쏟아져 나올 거야
그건 안 돼
왜?

저거 들려?
뭐?
구세군 종소리

연말이긴 하다
크리스마스이브에 뭐 해?
요즘 살쪘나 봐 패딩 탓인가
나 부해 보여?

조금 떨어진 채
빗물 언 거리를
걷고 또 걸었다
한적한 합정에는
이 거리 끝에도 저 거리 끝에도
담배 태울 곳이 없어서
'그런지'라는 카페를 지나고
솔방울식당 지나고
푸르게 칠한 건물과
목련이 자라는 주택 지나
어둑한 골목에 들어섰다
불을 붙이고, 신발 뒤축으로
얼어버린 물웅덩이를 부수었다
얼음 조각이 이리저리 튀었다

가로등 불빛에 반사되어
반짝이다 맥없이 나뒹굴었다
종소리가 한 번, 두 번
이편저편 맴돌았다

10번 출구가 보였다
목도리를 돌려받았다
조심히 가
너도……
넌 뒤돌아보지 않고
에스컬레이터를 통해 매끄럽게 사라졌다
점점 작아지는 뒤통수를 보다
돌아섰다
코트 주머니에는 킹 크룰의 앨범이 들어 있었고
움켜쥔 목도리는 방어 태세의 복어만큼 부풀어 올랐다

그러고 보니

봉고차를 타고 수영장에 갔다
친구들이 있었다 가깝게 앉았다
뭔 말 하나 다 들렸다

파리 걔는 어데 갔대
선물 사올랑가
뭘 또 필요하다고
저번에 준 게 야무지고 예뻐

손주가 왔다
서울 사는 손주가
점심 먹고 갔다
복날이라 삼계탕 끓이고 지짐이 부쳐 먹었다
지짐이는 남았다

파리 걔가 돌아왔다
피라 걔가 수영 교실에
커피를 가져온다
수영하고 나와 차가운 몸을

따듯하게 해준다

벽을 짚고 물장구쳤다

뭄에서 발차기하면

다리가 풀려서 좋다

다들 물이 맑다고 좋아라 한다

파라솔에서 커피 마시면

순하고 맛있다

모레까지 못 온단다

가깝게 사는 친구들이

다 내렸다

파리 갸가 놀러 오라 했다

키우는 잉어가 크다며 보러 오라 했다

다음에 꼭 보자고 했다

단지에 꽃이 폈다

더워서 보리 물을 끓였다

냉장고에 넣으면 시원하다

낮잠을 자다 전화가 왔다

손주 전화다

전화를 끊었다

딸에게 김장해야겠다고 전화했다

열무가 별로라 이따 말해준다 한다

시원찮은 게 비싸기도 하다

어항에 심은 꽃에 물을 줬다

싱싱하다

보리 물 꺼내다 지짐이 반죽이 떨어졌다

행주로 닦았다

뭐든 위 칸에 넣으면

꺼내기 마땅치 않다

점심을 차렸다

쌈을 싸서 먹었다

색칠을 했다

보건소에서 준 그림책은

애들이 큼직해서 채울 게 별로 없다

나를 써요

이런 날엔 비니를 써요
옆 테이블에 앉은 손님이 시원하게 음료를 엎질러
물걸레질하는 직원에게 미안합니다와 소리sorry를 번
갈아 쓰는 날
미끄럼 주의 안내판 아래서 얼음 알갱이들이 굴러다니
는 날
해변까지 밀려온 고래, 그 눈동자 표면을 가늠하는 날

비니를 쓰면
잠수함을 만난 잠수함으로 시야가 좁아져요
굴뚝을 발견한 굴뚝과 슬픔에 초연해요
총잡이를 묻은 총잡이처럼 떠나고 떠나요

비니를 도둑맞은 날
층계참에서 발을 헛디뎌요
다리가 망가진 의자에 앉고 말아요
받지 않은 전화가 다시 울려요
이 모든 게 비니 탓은 아니겠지만
어쩐지, 어쩌지

30

다음 날
무엇이든 써보기로 해요
동면 중인 뱀을 두르고
침엽수림의 잿빛 오후를 덮고
전화 부스 아래 서서

깊은 동굴도 써봐요
도서관 한복판처럼 불편해요
내 비니 내놔!
비니 돌려줘!
이렇게 소리 질러야만
돌아와요
꼭 그렇다니까요

에차

장례 행렬은 모퉁이를 돌았다

아파트 12층에 서 있던 적 있다
엘리베이터가 층마다 멈추나 싶은
모란아파트에서 네즈케를 안고 있었다
복도와 문을 두고 분리된 층계에서
그가 내려다보던 난간 밖 주차장을 보며
서로 눈물을 아주 조금 흘렸을 수도 있지만
그런 기억은 없다
누군가 열어젖힌 문에 부딪혀
서로에게 몸이 기울었고
누군가 에차, 기운 빠지는 탄식과 함께 속 터지는
엘리베이터를 타러 갔다
회갈색 철문과 거리를 두고 서 있다
층계참이 벙커가 되다
계단을 걸어 내려오다
엘리베이터는 꾸물거리며 하강하다

네즈케는 동안이었고

이제 나의 목을 본 이들이 그 말을 한다
자주 듣게 한다

유품을 챙기기 위해 차고에 숨겨진 쪽문을 열고
거실로 향했다 못 빠진 목재 바닥이 삐걱거렸다
먼저 다녀간 이들에 의해 가구가 삐뚤어져 있었다
습하게 가라앉은 공기를 들이마시며
연식을 알 수 없는 모형 로봇 수십 개의 눈이
붉게 점멸하는 것을 보았다
목재 장식장에는 나무 그릇이 있었다
건전지 수십 개를 포개둔 그릇이었다
외투를 벗다 둔부에 무언가 걸렸고
열을 맞춘 로봇들이 우수수 바닥에 떨어졌다
어둑한 실내에서 수십 개의 로봇이 어깨를 돌렸다
팔을 회전하며 붉은 안광이 번쩍였다
발그레한 바닥에 드러누웠다
잔기침이 났다
소파 아래 전기 고지서가 보였다
집을 나설 때 그건 그대로 두었다

뒷산에서 더 깊이 들어가면 공동묘지가 나온다
그곳으로 향하는 산길을 잠수골이라 부른다
내리막이 워낙 가파르고
섬으로 가는 배를 타기 위한 길이었다고 한다
돌아오는 길에 오르막을 오르면
숨과 숨이 닿을 듯 몰아쉬게 된다
파도가 멎길 바라며 닻을 내릴 때
마구 풀리는 사슬처럼 혹은 태엽을 감아둘 때처럼
관을 등지고 돌아가는 이가 기지개를 켠다

말고라는 고양이

있잖아, 옆 도시엔 도와 시가 없대
2지구부터 4지구까지만 있대
모두 트럭을 타고 다닌대
적재함에는 각 얼음이 깔려 있고
얼음 속에서 빈 병이 흔들린대
막 부딪친대

옆 도시의 교차로에선
세단을 탄대 드라이브를 한대
단독주택이 많고 집마다 사랑이 있대
응…… 거짓말

2지구부터 4지구 거리에 널브러진 식물은
혀가 길대
일단 내밀고 본대
트럭에서 흐르는 물을 핥는대
물을 핥은 혀에 키스한대
그리고 민달팽이가 된다나 봐
진짜로……

화내지 말고 들어

나, 이사 가

미리 말해주잖아

그게 뭐냐고?

중고 거래

응

응

응,

말 돌리지 않았어

있지, 이사하려면 선발대가 필요하대

출발하고 돌아올 때 수가 다르대

귀환자가 많고 적은지…… 모르는 일이야

기름 냄새가 잔뜩 나는 고목과 마당이 있다네

수습공을 할 수 있대

버섯을 키우는 일인가 봐

혼자 자라니까 곁에 두고 보는 거래

어…… 갈증

참아야지 갈증

나체여도 모자는 쓰고 싶어

있잖아, 말고, 말고

듣고 있어?

무얼 자꾸 파내는 거야, 거기가 궁금해?

어느 재규어의 키스

모텔 침대에 짐을 던진다
모서리에 걸친 가방이
바닥으로 기운다
화장실로 향한다
비누를 손바닥에 비벼
거품을 내고 펴 바른다
면도날을 목 쪽으로 당긴다
거품 벗겨지고
얼굴 드러나고
세면대 구멍으로
잘린 털이 휩쓸린다
떠내려가지 못한 수염
세면대에 엉겨 붙는다
항구 도시의 바람이 분다
밍이 다가와 등을 안는다
턱관절 물기를 닦은
수건을 휘두른다
물러선 밍을 곧장 안아
함께 침대로 쓰러진다

열기를 내뿜는 드라이어
전선에 매달려 앞뒤로 흔들린다

밍의 배 위에
재떨이를 올려둔다
블라인드 틈으로
기웃거리던 그림자가 사라진다
타버린 성냥으로 재떨이를
들쑤시고 있다
내일 어디로 갈까
휴가 끝났어
하루만 더
다신 휴가 못 와
매일 휴일이지 그럼
한 손을 총 모양으로 쥔
밍이 허벅지를 겨눈다
재빠르게 그의 품에서
벗어나 이마를 조준해본다
두 손가락 사이의 담배가

짧아지고 있다

밍의 살결에선
탁한 물을 머금은 나무 향이 난다
묵직한 이불을 꼭 쥐고
조심스레 목까지 끌어 올린다
모텔로 향하는 도로에서
식당에 들렀다
웨이터는 커피 말고
시킬 것이 없는지 물었고
그를 보지 않았다
올려다보는 게 싫어
재수 없거든
대낮의 하늘과 가을 언저리와
가로등이 싫어 폭소도 싫어

느리게 숨을 내뱉으며
잠든 밍을 내려다보며
가방을 챙긴다

뿜어낸 연기가
올곧게 뻗어나가 흩어진다
물이 빠지는 욕조에서
허벅다리 맞부딪치는 소리가
이따금 난다
등을 굽혀 머리맡에 있는
재떨이에 입술을 가까이한다
침을 뱉는다
불이 엉겨 붙어 사그라든다
청바지에 묻은 재를 떤다
흰 물결 자국이 남아
물을 묻혀 닦아냈다

멍청이들

젖은 거리를 걸었다
새로 장만한 바지에 벨트를 두르지 않아
허리춤이 컸다, 별수 없이
바지 끝자락이 비포장도로에 끌렸다
희미하게 웅얼거리는 소리
생태 숲 너머로 번져왔는데
새인지 날벌레인지 무엇인지
알 바는 아니었다
산책로로 향하는 내리막 근처에
멈추어 섰다
앉을 만한 곳을 찾았으나
벤치와 바위 모두 축축했다
하천 건너편에 한 무리가 보였다
바지와 속옷을 모두 입지 않고
우후雨後의 피크닉을 즐기는
그들 무릎에 그물과 같은 빛이
엉켜 있었다
내가 두근거린 것은
소탈하고 실용적인 통찰로

바지를 젖게 하지 않는 용기에
감탄했기 때문이다
자유에 동참하기 위해
바지와 속옷을 벗어 던졌다
피부로 대단한 바람을 맞이했다

멀리서 지켜보던 무리 중 일부가
반라 된 나를 보고 힘껏 소리 질렀다
퍽 살갑구나 싶어 두 팔을 흔들어 화답했다
확성기를 통해 저음질의 경고가
울려 퍼졌다, *과격한 나체주의는 멈춰라 범법자!*
체포 즉시, 당신은 고대어 변호사를 선임할 권리가 있
고……

포위망을 피해 얼마나 달렸을까
수풀을 헤치고 조성된 길을
이탈하여 도망치는 동안
사이렌은 끈질기게 따라붙었다
곤두선 폐를 붙잡고 주저앉았다

육교를 통해 곤봉을 든 경찰이
접근 중이었다, 별수 있나
층계참 난간을 넘어 하천으로
뛰어들었다

차갑고 끈적한 물이 몸을 감쌌다
수면으로 빛다발과 탄환이 내리꽂혔다
천천히 눈을 떴다
뿌연 물길 속에서 흔들리는
수초가 성큼 다리를 뻗어
종아리의 붉은 상처를 묶는
단단한 매듭이 되어갔다
긴 시간을 관통해 육체는 청소됐다
진흙과 기름에 뒤덮인 핏줄기와
여음으로 어긋난 두개골
버려야 할 것은 폐기물 포대에 담아
노끈에 묶였다
포대는 식도로 운반되어
굴뚝에 쓰일 백색 벽돌이 되어간다

장화를 신은 인부들이

수면 위로 과자를 던지는 반라의 무리를 지나쳐

가라앉은 벽돌을 건져 올린다

수레에 담긴 백색 벽돌이 다른 백색

벽돌과 부딪히며 풍해한다

양초를 빚고 빛나게 하지

요이가 만들어준
삶은 달걀은 맛이 좋았다
그 방법에 대해 일러주었는데
소금을 티스푼으로 한 번 넣고
중간 불에서 15분 익히면 되는 일이었다

겨울에는 종이 한 번
여름에는 세 번 울렸다
계절이 바뀌는 주간에는
종지기가 두 번 종을 쳤다
광장에 넓게 퍼져 나가는
종소리를 들으며
녹아가는 눈 밟았다

요이, 세상이 누군가의 입속이라고
생각해본 적 있어?
입술 열면 밝아지고
닫으면 어두워지는 것이
낮과 밤이라 떠올린 적 있어?

요이는 갸우뚱 고개를 움직이더니
글쎄, 없는 것 같아
눈이 내린 낮과 눈이 쌓인 밤은
비슷한 밝기로 기억되니까
요이의 밤은 어둡지 않구나
그럼 눈을 따라가지 않는 삶을
꿈꾼 적 없어?
음, 추위 없는 도시에선
물건을 팔 수가 없는 걸
내가 가진 안감은 겨울에 쓸
두꺼운 것밖에 없어
입는 옷도 마찬가지고
요이는 손에 쥔 은색 방울을
한 번 흔든다
그렇겠지 요이는
눈의 방향을 따르는 이니까
창을 닫는다
겨울바람이 실내에 맴돌도록

여느 때처럼 평상에 누웠다
날이 점차 풀리고 있어
춥진 않았다
수송기가 하늘을
가로지르고 있었다

광장에서 돌아온 요이는
옷더미들을 아주 큰 가방에 접어 넣었다
옆에 앉아 원단 개키는 것을 도왔다
주말이 오기 전에 도시가 품은
흰 잔상은 사라질 것이다
요이는 겨울이 온
다른 도시 쪽으로 걸어나갈 것이고
은방울은 그곳의 서늘함을 품고
울릴 것이다

새벽에 일어난 요이가
나무 욕조에 물을 받았다
잠이 달아났지만
눈 뜨지 않았다

가만히 소리를 들었다
수건으로 몸을 말끔히 말린
요이는 이부자리를 정리하고
집을 나섰다
가방을 둘러멜 때 한 번
문을 밀고 나갈 때 한 번
가방에 달린 방울이 흔들렸다

정성스레 접어둔 이불 위로
볕과 먼지가 내려앉는 것을
바라보다 일어났다
잠긴 창을 열자
오전을 알리는 종소리가 들렸다
종이 울린 뒤에
여음이 마루에서 맴돌았다
두꺼운 침구류를 정리하고
얇은 이불을
꺼내두어야 했다

혹은요

현명한 당신과
풀숲에 숨어든다면
풀숲이 숲은 못되고 잡초밭 되어
숨기에 좀 그러면
일어서야지
무릎이 좀 저린 당신과 함께
기지개 켜긴 좀 어려울 테고
풀숲에 어울리는 의자를 좀
사러 가야지

혹은 편지를 읽은 뒤 식은
물을 들이켜고 말한다
편지지가 이상해
쓸 때 거칠게 눌리는
맛이 없어

혹이 기댄 소파를 거쳐 수조를 보았다
물방개가 수초로 다가가자 검은 궁둥이에 거품이 맺히
고 풀 줄기는 여과기 기포에 건들거렸다 어항의 가장 그

늘진 자리에서 이끼가 거의 자라지 않는다

　다시 써야겠지
　편지지가 이상해
　혹은 편지지를
　초 가까이 대보았다
　봐봐, 뒷면이 판판해 새것 마냥
　두개골 무게에 눌린 베개 마냥
　흘려 쓰든 에두르든 이 편지지
　자국을 남겨야겠지

　그럼, 그럼
　물방개는 수초에 알을 낳는데 물방개가 나오질 않네
수초에 숨었나 숨기러 갔나 이끼 없는 유리에 비친 모습
을 감상하나 윙크도 좀 하고 사료에 정신 팔린 물방개도
불러보고 밀담하나
　혹은 편지지를 태웠고 마시던 물에 담가 불을 껐다
　밀실 천장 냄새가 난다

부엌에 가, 물을 버리고 싱크대에 달라붙은 재를 물줄
기로 밀어낸다 끓인 물을 새 잔에 붓고 혹에게 내준다

밤은 나불나불 쓰이고
수조 뒤에 뭉친 먼지를 떨어내다
재채기하고
부엌에 가 손을 씻고
음식물 쓰레기봉투 매듭을 풀고
재와 먼지가 담긴 배수통 탈탈 떤다
반 정도 채운 봉투가 꿀렁인다

타운 칠링

종이봉투 안고
벤치에 걸터앉았다
식료품점에서
올드 힙합 들렸다
우리가 바라보는 맨션은
언덕길에 있어
가장 낮은 층을
올려다보아야 했다
같은 선상에 있는 것
식물이 자란 화단
오토바이가 지나치나
끌려가는 목줄 지나치나
미동 없는 화단
거리 두고 웃자란 식물들이 겹쳐
화단 안쪽 잘 보이지 않고
팔카오, 그늘이 드리운 바닥에
큼지막한 씨앗이 있다고 했다
나도 언뜻 보였다
긴 털이 감싼 것 같았다

연한 갈색 털이어서
흙과 구분하기 어려웠다

팔카오는 고향 집 마당에도
저런 것들
널브러져 있었다고 했다
묵직해서 버리기도 힘들고
유기할 곳도 마땅치 않았다고
고향은 불길에 전소되었으니
지금은 잘 처리되었을 것이라고

땅에 묻혀야 발아되려나
묻어줄까
원치 않을 수도 있지
뭐가 되려고 저만한가
씨앗일 때만 큰 걸지도
빗물에 씻겨도 씨앗일까
아닐지도

가게에서 나온 주인

담배 물고 벤치 끄트머리에 앉았다

그가 불붙이는 동안

우린 벤치 끝으로 밀착했고

주인은 등 돌리고 앉아

덥수룩한 뒤통수만 보였다

목덜미 잔털을 힐끗 보다

일어나 철통에 꽁초를 던졌다

아무 소리 없었다

집으로 향하는 동안

그늘을 골라 걷기만 하였다

걸음이 빠른 팔카오가

서너 걸음 앞서 어두워지는 것을 보았다

내리막이 내리막으로 이어져서

주욱 밑으로 향했다

평탄했다

피우지 말고 태우라

하나, 하나, 하나
저 땅은 무밭으로 개간됐다
무밭과 무밭 사이를
진입로가 구획한다
나무를 센다
중턱에서 내려다보이는
가로수를 손으로 짚으며
하나, 하나, 하나
까마귀를 내쫓는 주민이
내달린다 균형을 잡고
아니지 나무를 센다
다시, 하나
진입로에 가로등이 부족하다
가로등마다 포대가 기대어 있다
통 덫을 나누어 든 모자가
경사로 내려가 밭을 가로지른다
흐릿한 그림자를 손끝으로
따라가지만 어둠이다
까마귀는 자리를 옮길 뿐

도주하지 않았다

멍아 이, 이(손목 돌려
손을 회전시키며) 마을은
들락거리지 마라
섬에는 와도 괜찮다
배를 타고 지나쳐도
비행기로 내려다보아도
혼내키지 않을 테니 이, 이
마을엔 얼씬하지 마라
오는 다리 하나인 둥근
자락은 피해 가라

허수아비다
비탈길에 누워 꼼짝 않는
또박또박 주소 부르는
아니다 나무를 손꼽는다
땅밖에 노출된 뿌리를
발끝으로 차면서

셈한다 하나, 하나

바위를 우회하면

중턱에서 내려갈 수 있다

저리 가지 않고

돌아갈 수 있다

돌아갈 장소를 파악한다

어둑하다 세기 어렵다

삼시 세 끼 먹었다

저녁으로 삶은 달걀 까먹었다

조각난 껍질을 벗기자 속이 둥글게 파인

흰자뿐인 달걀이었다 퍽퍽하였다 저녁이었다

일어서면 발밑의 흙과 자갈이 굴러떨어졌다

가방에서 물통을 뽑았다

거침없이 내성적인

오키나와 아저씨 슈
오키나와 출생 아니다
섬에서 자라지 않았다
오키나와 출신의 친척과 친구
모두 없다

괜찮다, 그것으로 당신이
오키나와에 어울리지 않는 것은 아니니까

그를 만난 곳은
명동에 있는 호텔 로비였다
슈는 야자수가 한가득 담긴
액자 밑에 앉아 있었다
간단한 소개와 함께
악수 청하자
슈, 쑥스럽게
손에 쥔
명함을 내보였다
독특한 질감의

명함 가벼웠다

명동 한복판에서
빠져나오기 위해
15분 정도 걸었다
무더위 탓인지 슈가 입은
노란 반소매 셔츠
등 자락이 젖어 있었다
괜찮으세요? 물으면
그저 (끄덕) 할 뿐이었다
카페에 들어가
음료를 시키고
더위가 식자
그는 면 소재 소파에
완전히 몸을 파묻었다
잠시 눈을 감은 듯
하다 잠들었다
여객선이 도착하는 저녁까지
여유가 있었다

명함을 살펴보았다
뒷면 구석에
섬 하나가 있었다
녹색으로 뒤덮인 육지와
파도 조각들
그 모양새가 재밌어
유리컵 표면에 맺힌
물기로 적셔보았다
명함은 젖지 않고
물방울이 옮겨 붙어
매달렸다

잠에서 깬 슈는
두툼한 입술을
손가락으로 훑고
머쓱하게 웃어 보였다
제가 자주 졸아서요
밤에는 도통 못 자다

잠깐 시간 나면

거침없이 찾아와요

견딜 수 없이 잠이 몰려와

허름한 울타리를

뛰어넘는 동안

넋이 나가는 거죠

꿈에서 사람이 무척 붐비는

섬마을에 가요

바쁘게 지나치는 사람들 속에서

땀이 무척 나죠

등줄기를 타고 내려가는

땀방울 끝에

바다가 보이죠

동네 아이들 말로는

공원 벤치에서도

시소에 앉아서도

제가 잔대요

별명을 붙여서

노래 부르는 애들을 두고

그냥 끄덕여요
그게 재밌는지
자꾸자꾸 그래요
슈는 내 눈을 바라보더니
다시 고개를 숙인다
그 자세로 두 번
(끄덕) (끄덕) 한다

공항 휴게 의자 주변으로
팽팽하게 당겨진 충전 선을
조심스레 넘는 슈를
떠올려본다
한 걸음과 다음 걸음
연착된 여객선을 기다려도
괜찮다, 그것으로 당신이
오키나와에 어울리지 않는 것은 아니니까

가쿠는 그런 사람이 아니다

가쿠, 그 소문 들었어?
무슨 소문?
며칠 전부터 밤늦게 돌아다니는 사람이 있대
그게 왜?
그 사람 커다란 봉투를 항상 들고 있대
지나갈 때면 짠 내가 심하게 나서
헛구역질이 날 정도라고 하던데?
뭔가 찾는 것 같다고 했어
쓰레기봉투 더미를 뒤지거나
동물이 들어갈 만한 구멍에 손을 넣거나
고양이 찾는 거 아니야? 하수도 악어나?
눈에 안 띄도록 조심해

가쿠는 종일 소파에 앉아 있다가
오후에 일어나 늦은 점심을 먹고
바닷가 부근 낚시터에 가
밤늦게까지 돌아오지 않는다
무슨 일이냐 물어도
아무 일 없다며 얼버무린다

미행 일지 2일 차

가쿠, 빠른 걸음으로 사라짐

가로등의 날벌레를 올려다보며 한참 웃음

비를 피하지 않아 흠뻑 젖음

다리 위에 서서 두 팔을 벌리고 강가를 내려다봄

도망가는 들쥐 떼를 따라 질주함

하수구를 한참 바라보다가 손을 뻗음

어둠을 주무른 왼손과 인사하더니

구역질함

달려가 마른 등을 두드린다

가쿠, 대체 무슨 생각이야

가쿠는 킬킬거린다

지루할 틈이 없어 하나도

생각해봐 그 사람을, 나도 그와 같아

쓰는 이가 아니라 사람을 뒤집어쓴 이야기

이해했어 그와 나를, 자신과 말을

가쿠의 두 눈은 불길이 일어난 한밤의 산
비가 내리면 빗줄기를 증발시켜 번지는 산불
이전과 이후 없이 재로 이루어진 길 따라
달려간 가쿠 영영 돌아오지 않는다

가쿠는 장미를 씹어 먹는다고 한다
(식사 후에는 한 잔의 물을 두 번에 걸쳐 마신다)
가쿠는 산 중턱에 고철로 성을 지었다고 한다
(소파에서 사색을 즐길 것이다)
가쿠는 망망대해로 떠났다고 한다
(수산 시장 부근일 것이다)
가쿠는 푸른 왕관을 쓰고 지옥으로 갔다고 한다
(확실히 비니는 아니겠지)
가쿠는 혀를 검게 칠하는 마을로 끌려갔다고 한다
(큰북을 칠 수 있다면 갈 만하다)
가쿠는 죽었다고 한다
(가쿠는, 가쿠는……)

용된장

재그는
탈것
전쟁에 타고 가는

지그는
용병
전장에서 일하는 용병

지그, 실직
재그 느슨한 목줄에 묶여 볕 쬔다
마을은 축제 주간
마루에 앉아 찬을 만들거나
방앗간에 줄 서 하사품을 받는다
화투판에 얼쩡거리다 껴들지 못한
아이들 양동이째 물을 뿌린다
가고일은 고개를 주억이며
흙을 가로지르는 물줄기를 핥는다
재그, 단잠 잔다

지그는 읽는다

내연 기관의 연소, 용광로의 소악마가 저지른 제련, 나
의 재그여

나의 전사戰死 사그라듦, 산자락으로 용울음 마라

함께 가로지른 창공은 비행자 우선의 저속 도로 아니
었나

일시적인 열기를 피해 음지로 숨어드는 슬라임과 달리

용린에 올라타 투창을 반복했으니 쇠가 낸 빛은 온전
히 내 것

긴말 않겠다, 그댄 이제 자유다

지그, 무직

마을은 축제 주간

큰솥에 육수를 우리고 마을을 잘게 썰어 넣고 된장을
비롯한 양념장을 섞고 유리병에 담긴 후추를 흔들고 커
다란 고기를 다져 추가한다 걸쭉하게 끓인다

큰 상과 소반에 나누어 앉아

밥에 된장을 비벼 먹는다

지그는 밥만 삼킨다
솥에 버려진 육수 재료를
가고일이 빨아 먹는다
기름진 갈색 물이
입가에서 흘러내린다
잔칫날에 우는 아이
쌈 하나 넣어주면, 바스스 웃고
뭐든 쫓으러 다닌다

Rinsing

JJJ에겐 관리된 정원
부인과 자식
사랑 닮은 불꽃도
없다

커피포트에 물을 끓인다
여과지에 고온의 물을
두 차례 나누어 붓는다
종이 냄새가 올라온다
여과지를 충분히 적신 뒤
개수대에 물을 버린다
증기는 견고하다

원두를 분쇄한다
아침부터 내린 비가 창을 통과했고
규칙적인 저음이 계단을 두드리고
방문 아래로 기어 다닌다
몸을 웅크린 채 쓰러져 잠든 저음을
빗자루로 쓸어낸다 바닥에서 밀려나며

팔을 뻗어보지만 늘어진 손아귀에
붙잡히는 것은 없다

얇은 물줄기를 붓는다
중심에서 바깥으로
원을 그리며 벗어나도록
손목은 고정하고 팔을 돌린다
기다린다 주전자를 쥐고
참아본다 물이 빠져나간 여과지
굵은 물줄기를 쏟는다
앞선 기다림보다 적게 물도 적게
주전자를 기울여 한 지점을
적시고 마른 입술에 침 바른다

실내화 뒤축을 끌고
거실을 가로질렀다
낮은 소파에 앉아
담배를 태웠다
커피를 한 모금 혀로 굴리고

손가락에 묻은 물기는
소파 가죽에 문질렀다
주전자에 남은 온수를
커피에 따른다

비바람이 들이친 바닥에서
강물을 빨아들인
나무껍질 냄새가 풍긴다
부엌에서 커피포트가 끓고 있다
다인용 탁자를 들이려 했다
밀대를 쥐고 돌아다니며
이곳에, 아니 이곳에
배치할 곳을 짐작하였다
전화를 붙잡고 문의하기도 했다
옮길 엄두가 나지 않는 묵직한 탁자를 원했다
자주고동색이면 더 멋질 테이블 하나

노란 날들

계단을 오른다
스테인리스로 주조된
세 걸음 옮기면 끝나는
다리를 상기시키는

개울을 따라가면 육교가 보인다
하수처리 시설 부근이다
뼈가 밥솥과 전선에 연루된 자리다
아이들이 헤드 랜턴을 쓰고 산개해
꼬챙이로 땅을 들쑤셨다
맹꽁이 울음이 들렸다 말았다
펼쳐진 빛 속에서 잦아들었다

역 앞에는 묶인 자전거가 많다
안장이 없는 것이나
프레임만 남은 것, 거미
줄지어 선 노점을 거슬러
덤불과 나무가 무성한 길을 걷는다
하천에 잠긴 우산의 방수 천이

느리게 펼쳐졌다 오므라든다
종이컵을 담은 비닐봉지에
커피가 고여 찰랑인다
대낮의 나무 은행나무
나무 아래 놓인 의자
커피 두 잔을 다 마셨다

림은 종종 불만이 있었다
불만을 말할 때 즐거웠다
불만에 동조하면
그 동조에 다시 불만했다
불만에 동조하고 불만하고
볼만한 광경이었다
그는 과도로 오렌지를 가르며
손가락에 묻은 과육을
입술로 핥았다
에어컨이 가동됐다
가죽 의자에 앉아
다리는 바닥을 딛고

의자를 돌렸다
되돌리고 돌리는
분명한 어지러움

역으로 향하는 육교에는
바퀴가 묶여 있다
얼굴에 거미줄이 붙어
몸서리치게 하고
덤불과 노점이 있다
플라스틱 의자에 물기가
고여 미동 없다
종말 처리장이 개발되기 전
벌판이 있었다
보지 못했다
조명이 강한 홀이 있었다
주먹이 몇 차례 오가는 동안
코너 가까이에 몰린 림은
턱에 훅이 꽂히고 일어나
심판에게 끄덕였다

몸통이 난타당하고
림은 얼굴을 가렸다
이리저리 흔들렸다
종이 울렸다
코치가 벌린 로프로
빠져나온 림은 그대로
걸어가 글러브를 반납했다

링 근처에 기대앉아
연무기를 돌렸다
글러브를 소독하고
한 쌍으로 정리했다
샤워하고 나와
수건이 모인 통을 옮겨두었다
창가에 글러브가 매여 있었다
나오지 않는 관원 것도
여러 개였다

하수 종말 처리장 가는 길

노점에 들렀다
꼬치를 시켰다
선풍기 모터는 동력이 부족했고
시원찮게 돌아가는 것을 보며
한 알 한 알 꼬치를 빼 먹었다
휴지로 입가를 닦고 일어났다
부피가 큰 푸른색 휴지통에
꼬챙이를 버렸다
맛은 그저 그랬다
어수선하게 맞닿아 꼬인
대꼬챙이를 보며
포장 주문한 것을 기다렸다

고쳐쓰기

계단을 오른다
목재 계단이다
두 걸음 옮기면 끝나는
철거 예정 계단이다

심심하게 내리던 비가 쏟아진다
통화 대기음을 들으며
키보드 청소를 했다
키 캡을 분리하다
긴 머리칼을 찾았다
축 사이에서 귓바퀴만큼 휘어져 있었다
손톱으로는 집을 수 없고
핀셋으로 집어 올려야 했다

장례식장에 갔다
자판기 뒤편
화단은 토양이 촉촉하고
고양이 밥그릇이 있다
탁한 노란색 그릇이다

민달팽이가 달라붙는 플라스틱이다
그릇 안에서 자판기의 희미한 불빛을
끈끈한 표피로 늘어뜨린다
장마가 끝나고 바닥에는
검게 말라붙은 자국이 남는다
검지만 하다
산장 근처에 〈접근하지 마시오〉
경고 푯말이 붙어 있다
철창에서 울음소리가 들려온다
날카롭고 미약한
마찰음, 원두가 분쇄되며 내는
소리와 유사한 그러나 그것 아닌
귀를 후비면 부스러기가 나왔다

다리 좀 가만둬라
나갈 복도 없다
판 흔들지 말라고
말도 없구먼
있잖아 여기, 여기

네 차례

림이 아닌을 흘겨본다

꽃무늬로 도배된 테이블

못으로 고정한 다리가 어정쩡하다

흰말만 남는다

잡힌 말은 가장자리에 모여 있다

홀에서 종이 울렸다,

종이 멈췄다

아닌과 푸드 코트에서 밥 먹었다

그쪽 체육관 에이스래

어쩐지

대기실에서 들어보니까 다섯번째래

많이 나왔네

미트 치는 거 보니까 자세 좋더라

또 개는……

좀 싱겁다

미역하고 따로 논다

미역국 정식이냐 감자채 정식이냐

체스 판을 아닌의 산장으로 가져왔다

아닌은 이렇게, 이렇게 하라고

일러주는 그런 선생이다

이 폰은 이렇게, 저 폰은 이렇게

이게 오프닝 중 하나야

시작이 뭐 이리 많아

같은 전쟁이 어디 있어, 뒤봐

이렇게?

그렇지, 나이트를 잘 써야 해

길이 막혔는데

이렇게 열면 돼

아닌은 폰으로 나이트를 밀쳤고

맥없이 바닥에 떨어져 굴러갔다

알려준다며 순 잡기만 하네

그러다 알게 돼

경주만 할 수 있나, 여유를 가져

드라이브 좀 할까?

차가 어딨어

아닌은 부엌으로 가 주전자에 물을 받는다
드라이브에 중요한 게 뭐야
뭔데
열기!
머그잔에 김이 피어오르고
차가 우러난 물낯이 떨린다
자기로 된 잔은 보온력이 좋다
죽은 말들이 여기저기 굴러다녔다
아닌과 그것을 줍기 위해
상체를 숙이고
샅샅이 뒤졌다
몸에 부딪힌 테이블이 떨렸다
반복해서 흔들렸다

철장으로 구획하기 전
산장 뒤편에는 벌판이 있었다
고원에는 모래바람이 불고
나무와 나무의 거리가 멀었다
덤불과 인적의 거리도 멀었다

천으로 얼굴을 감싸고 지나쳤다
고원은 두 가지만 했다
유지 보수 혹은 드러내고 숨기기
바람에 맞서
주택에 돌아갔다
덤불로 몸집 작은 뱀이 드나들었다
마주치기도 했다

아시안 훌리건

입술 자국이 남은 컵을
수세미로 닦았다
잘 닦이지 않아도
재차 문지르면 지워졌다
라디오에서 당첨자를 발표했다
각자 다른 이름이 나열되고
축하받았다

합선된 전선의 피복을 벗겼다
구리 선을 잘라냈다
꼬챙이로 가공된 연납을
회로판 가까이 들이댔다
납땜인두로 가열하자
납은 둥글게 맺혀 굳어갔다
곁에 앉아 팔에 자란 털을
쓰다듬는 손길이 있었다
납이 묻은 인두 팁을
페이스트에 비볐다

옷장을 열었다

바짝 붙어 걸린 셔츠를

손으로 가르고 유니폼을 꺼냈다

같은 선수의 이름이 마킹 된

다른 팀 유니폼 두 벌

블랙버드, 그를 부르는 애칭

그에게 향한 목소리

그가 날아오른 잔디밭

벗은 상의는 작업대 쪽으로

가볍게 던진 뒤 내버려 두었다

커팅 매트에 널브러진 끄나풀을

손으로 쓸어 담았다

두 손을 모아 조심스레

방을 나섰다

하류 펼쳐진 하류

콧노래를 흥얼거린다

오늘 경기 전에

BBBb* 틀고 빙글 돌자

놀리는 것도 아니고, 난 안녕 못해
어느 팀에 갔건 응원해야지 팬이면
녹색 유니폼의 당신에게 두근거렸다오
하여간 속도 좁다
풋살장에서 골을 넣고 고독했네
그렇게 속상해?
잘 때는 녹색 유니폼 입고 로커 룸 되었지
야망이 있어서 옮겨간 거겠지
재고로 남은 블랙버드, 모두 내게 보내주쇼
바뀌지 않을 주소를 부를 테니

창고에서 조명 다발을 꺼냈다
엉킨 선을 품에 안고
문지방을 넘어갔다
수리한 스위치에 연결했다
가슴팍에 매달린 전구가 깜빡거렸다
풋내기 스카우트 밀치고 목청껏 외쳤다면
비행기 타고 광고판 뛰어넘어
안겼다면 내쳐지기 전에 속삭였다면

위 네버 세이 바이 바이 바이?

허벅지에 누워 종알거린 노래

혼자서 부를 수 있다

밀린 설거지를 해내곤 한다

옷에 튀는 세제와 물을 방어할 수 있다

* Bye Bye Black bird, Miles Davis.

더 있어도 돼

나랑만 자는 담요를
티셔츠 안에 말아 넣고
일광이네 간다

담벼락 잔재를 넘어서
옆 동네로 간다
골목 잔챙이들이
배를 보고
쟤 올챙이 배 아냐?
뭘 먹은 거야
따라오며 소리 지른다
죽은 매미들
이 바보들
나 올챙이 아니에요
낳을 거야 말 거야
그럼 키울 거야?
죽은 어미들
눈가를 비비면 안 돼요

일광이네서
세발자전거를 탄다
페달을 밟으면
뒤로 구른다
일광이는 직진
나는 후진
같은 길을 간다

만두를 빚는다
납작하게 빚는다
종지에 손을 적셔
만두피에 물결을 줘요
양은 쟁반에 풀어줘요

나랑만 자는 담요를
목에 말고 잔다
암요, 난 버리지 않아요
걱정 마요 떼어놓지 않고
붙어 있을게, 약속

회신 바람

업은 고도를 생각한다
산에 오르지 않는다
빌라 단지 한복판
철거 예정 지역
벗어나 걸으면
하천이다 산책로다
혼자다
미풍이 불어온다
얕은 물살이 자갈과 수풀을
우회하여 지나간다
인근 아파트를 올려다본다
나무 펜스에 가려져
관리소가 보이지 않는다
천을 따라 이동한다
업은 기다리지 않는다
체조하는 사람들이
팔을 뻗어 몸을 늘린다
다리를 건너
경사를 오르면

전파사가 모인 거리다
수리공이 상체를 굽히고
전선을 자른다
니퍼에 절단된 전선이 늘어진다
업은 끊긴 선을 줍는다
피복을 벗겨 선을 꼬지 않는다
양 끝을 둥글게 이어본다
소공원에 이어진 계단으로 간다
계단을 내려가면 계단
시멘트 계단
돌계단
사이마다 집
거리를 구획하는 경계는
일정치 않다
업은 전선으로
벽을 그으며
지나왔다
심지가 탄다
심지가 벗어난다

심지다

폭발을 봤다

공사장을 지나왔다

경사에 나무가 우거진

하수처리장을 본다

짖는 개가 두 마리다

개 하나가 쫓고

개 하나가 쫓는다

배드민턴 코트는 폐쇄되었다

하수처리장에 딸린 공원은

사성공원이다

제일공원인 적도 있다

횡단보도를 건너면

유치원이다

아이들이 바지를 걷고

풀장에서 뛰어논다

송사리도 풀어두었다

교활하게 헤엄친다

업은 선을 비틀었다

고무에 주름이 생겼다

노인정 벤치에 앉아

앙상해진 전선을 찬찬히

쓰다듬었다

종아리를 주무른 뒤

일어나 걸었다

하수구에 버려진 얼음덩어리가

반짝이다 녹았다

정비소 인부들은 근처에 서서

담배를 태웠다

업은 빨아들였다

연기를 내뿜었다

개방된 창고에서

재고 처리 중이다

안을 둘러보았다

나무 팔레트 사이마다

비닐로 감싼 헬멧이 있다

팽팽하게 펼쳐진 비닐을

손가락으로 찔러보았다

윤곽을 훑은 손가락에
먼지가 닦였다
얼음은 더디게 녹아갔다
정비소에 사람이 없었다
우편함을 열고 전선을 넣어두었다
물기가 묻은 신발로
복도를 돌아다녔다 자박거렸다
공을 잃어버렸다

와줘

손끝으로 은박지를 만지작거리다
어제 만든 쿠키를 네게 건넸다
너는 쿠키를 받자마자 웅얼거린다
〈우으에우〉〈끼으끄에〉 사이에서
너는 유리문을 밀고 카페에 들어간다
테이블에 짐을 내려놓더니
곧장 은박지를 품고 달아나려 한다
어디 가?
바람 좀 쐬려고
같이 가?
기다려줘

뜨거운 커피를 식혀 마시는 동안
너는 없고 다들 돌아다니며
물 따르고 잔을 반납하고 수다를 떨고
한산하게
카페에 남은 외투와 가방 또 나
외투와 가방 또 나보다 소중한
쿠키와……

건물 비상구에 웅크려 앉거나
옥상 겨울바람을 맞거나
가까운 바다로 향하는 버스를 타고
떠나, 방파제에 걸터앉거나
대화하는 줄도 모르지
〈좋아해〉줘
안 돼? 그럼 〈사랑〉해봐
〈우으에우〉〈끼으끄에〉 해보래도
눈동자에 초코칩이 겹치고
〈개뿔〉 답해준다
가슴에서 아몬드를 뽑아
바다에 던진다
과자 가루는
물살에 휩쓸려 흩어진다

돌아오긴 할까?
문에 걸린 종을 따라
머리를 저어본다
천천히, 천천히

배가 고파온다

두고 간 휴대폰이 울린다

테이블이 흔들리고 한적함도

카페도 진동하고 발신자를 확인한다

유니버스 진화珍話

만석 아닌 버스에 서서
춤추는 일 있겠냐만
흥 나는 뽕 앞에 눈물 흐르는 참이디
안개 낀 도로에서 시점은 멀어져야 하고
크루즈가 침몰하는 와중에
나무판자를 붙잡고
말 안 끝났어, 매달리게 한다
빨랫감은 통에 넣어두라 했지
벗어둔 채로 여기 두면 누가 치워
얼굴에 흉이 난 보안관 하나가
모텔 벽에 튄 피를 청소한다
블라인드 틈으로 들어온 햇살이
그의 금색 배지를 밝힌 뒤
투숙객이 떠난 방을 정리하러 온
청소부가 카펫에 남은 머리칼을
눈동자 가까이 집어 든다
개방된 창으로 좀비가 몰려온다
아우성 속에 어린 좀비는 침착하게
고개를 들어 하늘을 올려다보고

근엄한 표정의 진화가

나를 벽에 밀친 뒤 선언한다

대답. 진화의 팔에 갇혀 끄덕인다

거래는 성사되지 않았다

서류 가방을 쥔 채 폐공장을 떠나는

인류, 최후의 변론

구명보트를 발로 밀친 뒤

엄지를 치켜세우고 기관총을 갈긴다

이상 무! 병명을 진단한 의사

이것 좀 보게, 속삭이며

고개 젓는 동안 오후에 가기로 한

주말 풋살의 가망이 사라진다

당신의 수백 가지 갈색 동물

뭘까용?
당신이 물으면 멈추게 돼
멋지지 않은 목소리를 가다듬고
모르는 가요를 따라 부르게 돼

뭘까용? 이건!
습지에 서식하고 수륙양용이여요 목단잎 같은 손을 뻗
어 볼을 보듬어요 타일에 팬 홈에서 렌즈 뚜껑 한 쌍을
바라보는 물때여요
기다리는 이의 분침, 기울어진 밀대예요 그 밀대로 닦
은 장판이어요 장판에 자국을 남긴 장식장 안의 여분 키
보드여요

이건 기스가 잘 나고 파손 보험은 들기 어려워

무언가를 무어가로 말하고 지적받으면 갈조류 미소 짓
고요 키스할 땐 전력 공급이 부족한 내부 기판처럼 소리
가 없고요 일단 건네보는 밍밍한 초코우유고요 찬물에
헹굴 때 쫀쫀하게 조이는 소면이고요

사막의 국경 수비대는 갈색 두건을 두른다고 하죠 검문소는 없고 나가는 이만 하염없이 바라보는 망원경이 전부라고 하죠 시력은 좋거나 나쁜데 모래바람이 불면 눈 아파요

멀까요?
당신이 물으면 답하게 돼
비 오는 소풍날 손에 들린 소풍 바구니 속 어리둥절 안절부절 당신과 나

작별은 승용차 외부 손잡이만큼 길고
문 열고 걸어가면 갈색 동물들이 몸을 뒤집어 따라간다
기르는 건 아니지만 잘 따르므로
제품 설명서와 같은 방식,
다시 한번
손잡이를 당기듯
이거, 이게, 맞아, 맞아용?

배 타요

퇴원 수속을 밟고
병동 입구에서 발을 내디딘 참이다

짐이 화단 뒤편에서 나를 불렀다
아니 그러길 바랐나
아니 짐이 불렀다

병동은 도심에 있고 도심의 언덕에 있진 않고 가는 길
에 붕대를 칭칭 감은 사람들이 있지도 않고 화단 앞에서
담배를 태웠다 연기는 대기를 감았지만 그게 붕대는 아
니고

걸어서 선착장에 갔다

선장이 배에 시동을 걸고 세 명이 믹스커피 한 잔을 돌
려 마시며 이야기했다 커피 맛이 왜 예전만큼 달지 않은
지 통통배에 시동이 걸리자 선박이 부르르 떨렸다 그 진
동은 짐과 내가 배에 발을 내디뎠을 때와 비슷한 출렁임

선착장에서 걸어왔다

몇몇이 부지런히 움직여 닦은 길로 찬찬히 걸었다 최
소 출력으로 설정된 장치처럼
걸어나갔다
못 보던 나무가 있어 짐에게 묻자 자신도 몰랐다고
했다
그러곤 벗겨져 덜렁이는 나무껍질을 뜯어 멀리 던졌다

리넨실에서 옷을 벗어 던질 때
맨살로 느끼던 것이 있다
수치 오한 난감 발작 아니고 부드러움
당직 서는 간호사는 소등 뒤에 초를 켜주거나 리넨실
의 밀담을 못 들은 척 지나가는 이였다 한번은 그가 환자
무리에 끼어 추락한 비행기에 모여 살던 고릴라 가족 이
야기를 해주었다

그건 집 아니고 비행기의 잔해 몸을 눕힐 수 있고 아침
에는 기지개를 켜고 고함도 지르는 그 자리, 우리는 병실

을 무어라 불러야 하나 고민하진 않으려 했고

　계기판이 궁금했다 거무튀튀한 습지에서 속도계가 따끔따끔 얼마나 버텼을지

　짐은 날 침대에 눕히고 약과 물을 가져왔다 자주 사용하던 머그잔을 손가락으로 쥐었다

　아주 멋대로구나 정돈된 집은 제멋대로 구는구나 속삭이자

　짐은 갓등을 켜주었고 부엌의 형광등은 껐다

　노랗게 물든 벽과 천장으로 날파리가 날았다

　짐은 식탁에서 고지서로 보이는 것들을 정리하고 노트에 기입했다

　바깥을 좀 걷자 했다

　그러지 마

　무슨 말이야?

　쉬어

　몸이 근질거려

　쉬어야지

아니, 나가겠다니까?
말없이 외투 두 벌을 챙긴 짐, 누운 나를 일으켰고
뻣뻣하게 몸을 세운 채 걸었다
해변은 아니고 작은 자갈밭을 걸었다
자갈 쓸리는 소리가 들렸나

모두 엉거주춤 주저앉아 간호사의 말을 들었다
　명찰이 달린 가슴팍을 마구 두드리는 흉내를 내자 촛
불이 흔들렸다 곁불도 흔들렸다 그대로 꺼졌으면 스산하
기도 했겠지만 그러진 않았고 여전히 밝았다 옷을 포개
어둔 철제 수납장 위로 그림자가 일렁였다

여기 선박도 세워두나?
아, 부서지거나 떠밀려 온 거야
그렇구나
떠나고 몇 해 전부터 그러네
낮에 보면 망한 섬 같겠다
섬이 망하기도 하면 그렇겠지
선장도 알아?

아는데 수거할 사람도 없고 건질 것도 없대
흔들리니까 항해네
완전히 처박힌 건 아니래
항의하다 떠날 수도 있겠네

짐은 돌을 밟고 조종실에 들어가 경적을 울렸다
그건 멀쩡하네
맥 빠진 소리가 뿌 ──
들렸다

그러다 보니

구하기 힘든 걸로 훔칠걸
이 앨범 좋아
아무 데서나 살 수 있잖아
그래서 기뻐, 우리 표식이 매장마다 진열될 거야

하천을 걷는다 산책로를 지난다
소등된 건물 사이에 꼭 불이 들어온 층이 있다 그곳에
서 무얼 하나 싶다가, 누가 있긴 한가 되묻고 잡풀을 밟
고 진흙도 밟고 그러다 지렁이 밟을까 내려다보기도 한
다 물은 검다 물고기는 보이지 않고 거품인지 기포인지
떠가는 것이 있다 물고기가 검어서 천이 검은가? 물고기
가 뒤덮어서 천은 검은가

돌아가서 들어보자 이중창을 열고 훌륭한 밤 볼륨을
키우고 잠 설치는 이웃 위해 방충망도 열고 열기로 뛰어
드는 나방과 모기를 맞이하자 기름을 곁들인 음식을 내
오고 오디오에서는 트레이가 밀려 나와 졸린 이에게 커
피를 권하는 파티

미는 가끔 뒤돌아보고 운동기구를 째려보고 공용 화장
실에서 거리를 두고

둑길에 습기가 가득하다

들어보라 돌아간다면

경비 없는 상가에서

노끈을 끄르고

방수 천을 벗겨

디스크가 담긴 자루를 손바닥으로 헤치자

쌀 씻는 소리가 난다

심혈을 기울여 고른 음반 한 장

복면을 쓴 미가 앞서고

납작만두가 그려진 티셔츠

드럼 치는 티셔츠

코이라는 고기는 환경에 따라 크기가 달라진대

코이는 잉어야, 생물은 대체로 그렇잖아

음악도 코이?

자라나고 길들지 않아

미도 코이?

아니 미는 미

복면 안으로 땀이 흐른다
그건 강줄기가 되지 않는
땀에 젖은 복면

가는 버스

터미널 근처 숙소는
가격도 터무니없지만
빈방도 없었다
가로등 없는 길을 따라
걷자 파도 소리가 들렸다
여기 맞아?
맞을 건데
불이 다 꺼져 있어
망했나
어떡해? 여기까지 와서
돌아가야 하나
장난이지?
방법이 없잖아
발도 저리고 지쳤어
해변이라도 볼까

바다 좀 봐
까맣네 그냥
아, 보일러 안 껐다

너의 손이 점퍼 주머니로
들어와 깍지를 꼈다
비린내 풍기는 모래 위에서
어둠과 날벌레는 번성했다
키스했다
입술을 떼고
손등으로 입가의 침을 닦았다

네가 작은 조개껍데기로 만든 목걸이를 선물했어
목에 거니까 툭, 끊어지고
엮여 있던 조개껍데기가 물뱀이 되어서 달아났어

소형 마트에서 폭죽을 샀다
세찬 바람에
라이터 불이 꺼졌다
손을 모아 심지를 감쌌다
몇 차례 스파크가 튀더니
그대로 먹통이 됐다
기름 채워놨는데

지포는 이게 불편해

함께 돌아가는 길에

마트의 조명이 꺼지는 것을 보았다

폭죽을 들고 소각장을 지났다

녹음된 음성이 재생됐다

차 있어요?

돌아가는 차표를 발권했다

매점 입구에 놓인 우산꽂이에

폭죽을 두고 사이다를 샀다

넌 보리차를 골랐다

일회용 라이터도 구매했다

계산대 앞에서 신중히

불을 두 번 켜보았다

너바나

복서 영감은 웃는 건지 가래가 끓는 건지 끅끅거리며
가버렸다

목이 졸리고, 목 조르고 그러다 좀 졸려서 목 졸라 깨
우는 이야기가 지루하다니, 그 정도야? 아닌가? 아니라
고?

안이라고 안, 이 안에 넣으라고. 딴생각 그만하고

잽이 개미 두 마리 삼킨 듯 톡 쏘아보았다

몰아세울 건 없잖아 기름 넣는 일이 뭐 대수라고 영감
도 가버렸고

네가 기름을 줄줄 흘리면서 실없는 소리만 하니까 그
런 거 아냐

난들 없는 기름 다 뿌리고 싶은 줄 알아? 구멍이 좁아
서 그래

뙤약볕에 어딜 간다고 기름을 넣으라는 거야

난들 아나, 태양이 꼬리를 틀 대로 틀어서 숨 막히는데
영감은 무섭지도 않나 봐

영감님 앞에서는 더위 얘기 말고, 타이어 끌면서 훈련
하다 고무 타는 냄새 맡았다는 말 또 듣고 싶지 않으면

그거 재미없었어? 몰랐네, 타이어 끌고 바다에 들어간 거 난 좋았는데

고무가 물 먹어서 어떤 냄새가 났고, 끌고 나와서 모래 사장에서 말릴 땐 또 어땠고, 고무~ 고무 끝도 없어 그러니까 하지 마

같이 다녀오는 동안 뭐 해 그럼

오늘은 안 가도 돼, 복서 영감 혼자 간대

들고 갈 손가방은 챙겼고?

물이랑 지갑이랑 혹시 몰라서 상비약도 넣었다

무겁다고 한 소리 듣겠네, 영감 나오셔

복서 영감은 마루턱을 가볍게 내려와

트라이시클에 시동을 걸고 담배에 불도 붙이고 손가방도 들어보더니 오른손만 쓱 들어 보이고 떠났다

볼이 가려워서 긁었더니 더 가려웠다

긁는 걸 멈추진 않았다

자꾸자꾸 긁으면 피가 좀 났다

손톱 안에 피가 고여 검고 끈적였다

114

잽은 나뭇가지를 들고 마루에 올라온 개미들을 태워

다시 땅에 내려주었으나, 그러거나 말거나

개미들은 마루로 기어 올라갔다

성도 내지 않고 얌전히 나뭇가지만 움직이던 잽이

소스라치며 말했다

아!

개미 하나 먹어버렸어?

아니 까먹어버려서 양갱 챙기는 거

넣어봤자 출발하고 얼마 안 돼서 까먹을 텐데, 필요했
으면 벌써 돌아왔지

그렇지? 뭔 일 있는 건 아닌가, 양갱 빠뜨리면 노발대
발하는데

돌아오느니 가는 길에 하나 사 먹고 말지

혹 모르니까 저수지까지 나가볼까?

이 더위에? 너도 정성이다 잽

싫으면 혼자 갈 테니까 개미들 좀 내려보내 죽이지
말고

바보짓 할 거면 움직이는 게 낫지

영감의 트라이시클은 바퀴가 앞에 하나 뒤에 둘이어서
세 명이 킥보드 타고 간 길처럼 바퀴 자국이 남는다
잽과 조금 떨어져 뒷바퀴가 남긴 두 줄 위로 걸었다

영감은 잘 닦인 길 두고 매번 우물 쪽으로 가지
우물이 아니라 저수지라고 저수지 다른 거야
우물이 다 말라서 우물이라고 부를 게 없잖아 저수지
는 두 개고
맨날 우물이라 부르니까 마을 사람들이 우물 숨겨둔
줄 알잖아 영감님만 오해받아
그 사람들 허구한 날 저수지에서 물 떠 가잖아 그게 우
물이지
떠 가는 게 아니라 버리는 거야, 폐수든 음식물이든
그래? 매번 통 들고 가길래 물 푸러 가는 줄 알았네, 휘
청거리면서 주술 외듯 중얼거리잖아
구시렁거리는 거야 짜증도 섞고 욕도 좀 하고
영감이 말을 모시면 바보가 된댔어 너도 여기에 말 좀
두고 가

116

나? 됐어 우리가 버릴 게 어디 있어 네가 기름도 다 쏟
는 마당에

구멍이 작다고 구멍이 통을 다시 사야 해 찌꺼기가 껴
서 목구멍보다 작아

알았다, 알았어 근데 영감님 안 보이네? 바퀴 자국도
없고

이 길로 갔을 건데, 곧장 갔나 보다 돌아가자

돌아올 땐 선명하게 남은 선 하나를 사이에 두고 걸었다
잽이 양갱을 쪼개서 한 덩어리씩 줬다
오물오물 먹다가 목이 좀 멨다
손등으로 땀을 닦아도 땀은 또 나고
잽은 나뭇가지만 휘휘 저으며
흥얼거렸다 조그맣게 불렀다

카 토크 Car Talk

얼음이 필요했다
우유갑을 내려놓고
옵을 불렀다
차에 탔다
마을을 벗어났다
진입로에 들어섰다
마을을 지나쳤다
교차로에 있던
거대한 나무가 잘렸다
밑동은 남았다

자르고 나면 다시 자라긴 하나 거, 틈만 나면 베려고
안달이야 미용실도 말이야 짧게 잘라달라고 하면 다 밀
어버린다니까 없는 거랑 같나 원, 머리 자르고 온 건 알
고 있어? 한마디도 없길래 아예 밀어버려서 안 보였나
투명 커트라고 할까 봐

마트에 도착했다
얼음 틀을 들었다 내려놓았다
각 얼음을 샀다

주택 앞에 주차했다

스케이트보드 위에 주저앉은

사람들이 홀짝하고 있었다

시동을 끄고 구경했다

두 손을 흔들어

동전이 짤랑거릴 때

깔고 앉은 보드가

좌우로 움직였다

바퀴가 굴렀다

각자 등 뒤에 둔

잼 병에 우표가 담겼다

옵은 목을 빼고

차창 가까이 갔다

그러게 말이에요

커피 머신 전원을 켜고

램프가 점멸하는 동안

손을 씻었다

이빨로 밀폐된 봉투를 뜯어

캡슐을 삽입했다

진동음과 함께

커피가 추출됐다

유리잔에 따랐다

우리 야영장에 갔었지 냄비에 물을 끓였어 김이 피어
오르면 빻은 커피콩을 융 조각에 쏟고 깔때기에 담았지
컵에 올려두고 뜨거운 물을 부으면 잠깐 향이 나 좀 지나
면 온데간데없고 바위에 앉아서 커피를 마셨어 따뜻했
어, 맛도 기억하면 슬픔 없는 양반이겠지 따뜻했어, 에고

차에 갔다

뒷좌석에서 각 얼음이 담겼던 봉투를 꺼냈다

물이 칠럼댔다

현관에 주저앉아 워커 끈을 풀었다

옵은 소파에 앉아

우유를 바라보았다

팔걸이에 올려두지 않은

손을 모으고 기다렸다

그럴 걸 그랬죠

싱크대에 봉투를 놓고

포크로 수차례 찔렀다
사방에 뚫린 구멍으로
물줄기가 빠져나왔다
소파는 눌린 자국 없이
판판했다
싱크대를 두드리던 물줄기가 멈추고
오그라든 비닐이 남았다

몫

뚱땅 오늘 담배를 몇 대 태웠을까
꽁초를 세면 되지
어제 재떨이를 안 비웠어
어제 것도 빼면 돼!
그건 모르는데…… 엊그제도 안 버렸다
방법이 있지, 봐봐!

재떨이 더하기 한 대
뚱땅은 입으로 빨아들인 연기를 코로 뿜는다
재떨이 더하기 두 대
재떨이 더하기 세 대!
쉽지?
아차, 재떨이 빼기 반 대
빼기는 뭐야 뚱땅?
반만 태운 것

밤 공원에 새끼 사마귀가 있어
따라가보았다
나뭇잎을 타고 움직이는

여린 몸 가까이 걷다

비뚤게 자란 마른나무와

말끔히 닦인 재떨이를 보았다

개방된 수도원 정문 주변에

일련번호가 부착된 폐기물이 줄지어 있었다

수도원 이전을 알리는 안내문이

긴 의자에 쌓여 있다

텃밭에는 울울한 토마토가 자라 있었고

알맞게 붉어 먹음직스러웠다

간이 울타리를 넘어 두 알만 땄다

꼭지를 따지 않고

고른 줄기를 끊었다

소매로 닦은 토마토를

한 입 먹었다

토마토가 남았다

셔츠 주머니에 넣었다

종일 불을 지폈다

드럼통에서 연기가 피어오르고

찬바람에 흩날렸다
이 콘센트, 이 스탠드, 이 셔츠
모두 태웠다

뚱땅과 나는 창이 큰
저택에 살기로 했었다
빛은 지우는데 적합하므로
계단을 오르며
계단을 세는 것은 어렵다
이어져서, 많이
조금 많이
더 많이
데려갔다

우린 과일 가게를 지나치지 못한다
뚱땅은 자두와 키위를 오래도록
들었다 놓는다
과일 가게를 둘러보는
뚱땅을 살펴본다

새로 선물한 셔츠가 조금
큰가 싶다

미라빌리스*

키카는 뻗어나간 굴길을 돌아다니며
이정표로 쓰이는 천이 제자리에 있는지
확인하고 보수했다
헝겊이라 해도 면직은 귀했고
떨어진 것을 회수하기 위해
고개를 숙이고 걸어다녔다
웅덩이에 빠져 젖은 천을
건지면 흰색 잔고기가 흩어졌다
키카의 장화는 내 것보다 튼튼하다
그와 걷는 기분이 들진 않지만
길들여진 장화는 발을 감싸면서
피로하게 조여들지 않는다

맨홀 뚜껑을 들어 올린다
은은히 빛나는 밧줄을
타고 내려간다
시장으로 간다
붉은 헝겊을 따라
젖은 돌을 넘고

걷는다
시장에 가까워질수록
종소리가 선명하다
밧줄에 매달아둔 종이
움직임에 짤랑인다
시장 입구는 눈부시다
그곳으로 통하는 몇 개의
어둠 속을 짐꾼 소수가 오간다
식자재를 담은 가방이 어깨를
지그시 누른다
휘청거리고 미끄러져도
빠져들지 않게 지탱한다

벙커에서는 모난 석회석
튀어나온 면을 찬장으로 쓴다
바닥이 고르지 않아
식료품은 경사를 따라 기울어진다
이정표가 유실되어 찾지 못하면
키카는 지상에 갔다

해안가 부근에는
모래 폭풍에 풍화된 사체와
그들이 입은 옷이 남아 있다
누렇게 바랜 방호복을 입고
발레리의 바지를 훔친다

사구를 넘었어
몇 개인지 매번 다르지
바람을 거슬러 넘다 보면
귀가 기민해져
싸움과 고립
마주 보는 연인의 묵언과
실마리 속삭임 그
기다림의 귓바퀴
무슨 말이건
캐스터네츠로 뚝딱이고
상이한 두 면으로 부딪치고
탄력과 절도
바닷가에서 옷을 벗기고

수거하며 조촐한 디지털시계

화면은 형광 영광 미광

모래를 가로질러 귀환한다

키카의 노트를 두 손에 쥐고

박스에 옮겨 담는다

돌을 밟고 넘어서

돌아가야지

한 상자에 담긴 물건들을 가지고

시장에 가야 한다

* 웰위치아 미라빌리스. 나미브사막에 분포하는 식물, 두 장의 잎으로
자란다. 지상에 늘어진 잎은 환경에 의해 여러 갈래로 갈라져 뻗어나
간다.

탓

겨울이라 그래
과천에서 돌아오는 버스
울음은 그치지 않고
넌 그런 나를 바라보았다

겨울의 동물원은 한산해서
실내에서 뱀을 구경했다
실외에는 텅 빈 사육장이 많다
뱀들이 차가운 비늘을 벗고 남긴 허물 뭉치
언젠가 잃어버린 물건 같았다

겨울은 나쁘다
탓하는 사람에 의해
중얼거리는, 살 트고, 입술 갈라지는
추위 손 없이 절벽
바람에 맞서는 얼굴
수십 개의 손가락을 비비게 하는

너와 내가 함께 붙인 포스터를 떼어내고

하얀 벽에 붙은 테이프를 커터 칼로 긁어내면
벗겨지는 벽지

투명해도 느낄 수 있어
그러니까 투명한 걸 볼 수 있어
네가 내 가슴을 열고 손을 집어넣는다
냉장고가 열릴 때 켜지는 희뿌연 불빛 같은 것이
내게도 있다
괜찮다, 괜찮다 해도 진정되지 않는 마음이 있고
의미를 모르지만 알아듣게 되는 마임이 있고
잔에서 잔으로 불꽃을 일으키며 떨어지는 칵테일
겨울은 그렇다

흰밥과 고온의 술을 삼키게 한다
겨울은 그래서
몸이 온통 물비늘로 둘러싸였다는 것을 깨닫게 한다
너는 그래서, 너는 그래서
긴말을 묶은 얼음 뭉치가 된다

누구의 탓도 아니다
이 겨울이 가기 전엔

개별적 놀라움

폭우가 왔다
기상예보가 정밀한 현대였다
비가 온다면 비가 오고
눈이 내린다고 하면 눈이 내려서
기상청 유구한 오보의 역사를 뒤로하고
비와 눈을 생성하는 기계 구름 도입한 것 아니냐
농담을 나누기도 했다
(오늘 예보는 틀렸지만)

공동 주택 계단을 올랐다
5층까지 올랐다
우산은 찾았으나 우산 집이 없었다
책상과 옷장, 스피커 내부 회로와
모니터 패널을 들추어 보아도 없었다
땀이 나서 세수했다
물기와 멍청함으로 어우러진 얼굴을 보며
추궁했다
지명수배 중인 우산 집은 어디에다 숨겼지?
서둘러 자백하는 편이 좋을 거야……

이미 형편없는 몰골! 재조립하기 전에 답해!
무소득이었다
취조는 그만두고 가방을 챙겼다
그러고 보니

가방 안에 고이 모셔둔 우산 집은
대단한 녀석이었다
크기가 아담해 들고 다니기 좋았고
우산이 알맞게 담겼다
이게 전부냐고? 그렇다

정류장으로 향하는 동안
비가 몰아쳤다
연중무휴 백반집 유리창에
정기 휴일 팻말이 걸려 있다
정류장에 설치된 버스 정보 시스템은
스산한 오류 값을 출력했다
한참 뒤 시외버스가 도착하고
강풍에 몸을 내맡기려는 우산을 간신히

접어 탑승했다
버스는 도시 외곽에서 빗줄기 뚫고 달렸다

진흙 뒤엉킨 정원과 철문 지나서
우산 집을 수선했다
소일거리에 불과해서 박음질하는 시간보다
마감을 허술하게 한 제조 공장을 나무라는
시간이 더 길었다
외할머니는 우산을 잘 고를 수 있는
비기를 전수해주었다
우산은 맑은 날에 사라

차창으로 선선한 바람이 불었다
점심을 든든하게 먹은 참이었다
쾌속 질주하는 버스에서
듬직한 우산 집을 손끝으로 쓸어보았다
물기가 남은 우산이
옆자리에 놓여 있었다
정류장에 도착해 가방을 둘러메고

가뿐한 걸음으로 내렸다

젖은 가방을 책상 옆에 내려놓고
수선한 우산 집을 살펴보았다
박음질이 정교했다
온전한 집에 담겨야 할 우산이
서울 외곽을 벗어난
기막힌 오후였다
커피를 침출하는 동안
방충망에 흐르던 물방울은
둘둘 말려 작아졌다

C/O

짧은 책을 읽었다
읽다 덮어두었다
전화가 왔고
그는 내가 하는 말을
거의 이해하지 못했다
나도 그의 말을
납득하지 않았다
창고에서 사료를 꺼내
그릇에 담았다
시오가 울었다
은행나무를 올려다보았다
시오가 있었다

이리 와 이리로 와
둔부를 흔들던 시오가
깃털을 향해 뛰었다
느슨한 끈을 물고
잡아끌었다
내게로 와 이리로 와

낚싯대를 쥐고
시오가 이끄는 소공원으로
걸어갔다
나무 아래 뭉친
낙엽을 밟고 돌냄새를 맡았다
발장난을 치다 깃털을 따라
돌아왔다

아빠도 엄마도 아니야
삼촌 외숙모도 아니야
골반을 흔들 수 있는 노래는 멋지고
노래에 흔들리는 골반도 그렇다
건조된 열빙어를 가위로 토막 내며
가스레인지에 흩어진 가루를 닦아낸다

트럭에서 풀내가 났다
짐칸에 체목이 쌓여갔다
톱질하는 인부가 담벼락에
가려 보이다 말다 했다

오전 8시 30분이
연마된 톱날에 분리되었다
멀찍이서 은행나무가
잘리는 것을 지켜보았다
층계에서도 보았다

짧은 책을 이해했다
두 페이지를 오래 읽었다
눈비가 왔다
발이 시렸다
양말을 신으면 됐다
공동 현관 앞에서
담배를 태웠다
가늘게 쌓인 눈 위에
발자국 무늬가 얼어붙었다
동네를 배회했다
운동화를 신었어야 했다
발가락이 뜨거웠다
은행나무 아래 놓인

그릇에 쌓인 눈을 떨어냈다
감각이 없었다
출입구에서 발을 굴렀다
러그에 발소리가 묻혔다
문밖으로 노래가 들려왔다
비밀번호를 눌렀다

세상의 절반

릭은 말이 많은 것이 달갑지 않다고 했다
그러니 나는 릭에 관해 쓸 수 있다

우리는 번호판이 없는 옥색 승용차 보닛에 기대앉았다
릭은 손을 덜덜 떨며 담뱃재를 떨었다
입김이 연기와 함께 흩어졌다
담배꽁초를 대로 쪽으로 던지고 주차장을 떠났다

자주 가던 이발소에 들렀다
릭과 나는 자리에 앉아 거울만 바라봤다
나는 릭이 비추어진 거울을
릭은 자신을 비추는 거울을 바라봤다
스포츠머리요
두 명의 이발사는 같은 자리에서
같은 머리를 만들기 시작했다
말없이 서로의 눈을 힐끔 쳐다봤다

옆머리로 새하얀 살이 드러난 우린
가로수 가지가 모두 잘려 나간 거리를 걸었다

릭, 가로수가 꼭 발가벗고 있는 것 같지 않아?

가지가 잘린 것이지 벌거벗은 게 아냐

가로수의 속살이 보이는걸

그건 속살이 아니라 나무의 단면이야

속살을 보인다는 건 비애와 닮았어

나무는 그저 나무일 뿐이야

나무는 나체, 나체는 나무야

매끄러운 등을 안으며 말했다

릭의 체구는 작지만

어쩐지 등만큼은 길고 넓게 느껴져서

안고 있으면

시원한 늦여름, 커다란 그늘에 누워 있다는

착각이 들곤 했다

릭은 언제나 같았다

바깥에 나갔다 집에 돌아오면

옷도 갈아입지 않고 침대에 누웠다

토스터를 사용하고 뚜껑을 닫지 않았다

함께 본 영화 줄거리를 기억하지 못했다

나는 절반만 사는 듯했다

벌거벗은 나무와 나무처럼

영원히 채워지지 않을 간격을 두고서

서로에게 잘린 팔을 뻗고 있었다

릭, 나는 세상이 반반이라 믿어

운 좋은 쪽과 좋지 않은 쪽

한탕 치는 놈은 그저 운 좋은 쪽이라고

릭, 나는 네게 한탕 치고 싶었어

그 앞날이 지옥이건 비애건 어느 쪽이라도 걸 수 있

었어

지금은 무엇에도 걸 수 없고

릭은 언제나 그대로, 그대로

이젠 릭을 부를 수 없다

겨울이 온 행성의 절반은 여전히 어두웠다 그리고

차가웠다

고쳐 쓰기

아리따운 아닌에게.

봄이야. 이곳의 봄은 시동 걸기 좋고, 예열 마친 조화를 닮았고, 수리공의 송곳니 같은 훌륭함을 가졌어.

그들은 계속 자라고 나와 닮지 않았어.

[······]

아닌, 아름다운 소식을 전해줘. 그것이 너트나 스프링, 조임쇠로 이루어진 말이어도 좋아. 커팅 헤드를 써주면 만족스럽겠지.

재는 제때 떠는 편이 나아. 바닥 청소에 손이 가니까. 또 어딜 봐, 당신을 두고 하는 말이야. 시름과 우울한 낯빛을 섞은 표정의 주인. 여전히 선명하네. 정적인 연기 속에서, 달구어진 납땜 기구를 손에 쥐고서. 아닌.

답장이 온다면 방문할게.

이 자켓 착용 설명서

이희우
(문학평론가)

주의: 옷의 까칠함

책뚜껑을 열면 예상대로 「시인의 말」이 있고 거기에
는 이렇게 씌어 있다. "설명서는/한마디 더 얹지 않고/
한마디 없거나 참지 아니하고". 이 말은 선뜻 이해되지
않는다. 첫째로 이 시집의 텍스트가 설명서와 무슨 관계
인지 잘 짐작 가지 않기 때문이다. 둘째로 저 문장에 나
열된 것이 상식적인 설명서의 특징 같지 않기 때문이다.
설명서라면 제품에 부록처럼 달려 마땅히 "한마디 더
얹"어 주어야 하는 것 아닌가. "한마디 없거나 참지 아니
하"는 설명서라면 제품의 주인은 얼마나 당황스러울까.

도대체 설명서의 기능을 하지 못하는 설명서다.

어쨌든 저런 비상식적이며 시적인 설명서가 우리에게 배달되었다고 상상해보자. 당신이 어떤 제품을 샀는데, 이해할 수 없는 설명서가 동봉되었다. 설명적이기를 거부하는 이 설명서에는 또 하나의 '설명서 읽는 법 설명서'가 붙어야 할 것 같다. 그러나 두번째 설명서도 마찬가지로 과묵하거나 충동적이라면 두번째 설명서를 위한 세번째 설명서가 필요할 수 있다. 하지만 세번째 설명서도 똑같이 고약하다면? 네번째 설명서는 한술 더 뜬다면? 그렇게 설명서들은, 각자 무책임하게 고집을 부리면서, 언젠가 최종 설명서에 의해 모든 것이 설명될지 모른다는 희망을 품게 하면서, 설명을 한없이 지연하는 방식으로 언제까지나 이어질 수 있다. 이 고약한 설명서들의 연쇄가 끝나지 않는 한 제품의 사용법은 고정될 수 없다.

걱정을 살까 봐 미리 말하자면, 이 해설은 그러한—독자를 고통스럽게 할—고약한 설명서보다는 친절한 설명서이기를 자처한다. 하지만 당연히 친절하고 훌륭한 설명서라 해도 시집에 대한 시원적이거나 최종적인 설명서일 수는 없을 것이다. 시집은 용도가 정해진 완제품이 아니기 때문이다. 시집은 연인이나 친구를 위한 작은 선물이 될 수 있고, 카페의 책장을 장식하거나 라면 받침으로 쓰일 수 있고, 나 같은 사람에게는 비평을 위한 자료가 될 수 있다. 시집은 당신의 인생을 예상할 수 없는 방향으로 바꿀 수 있다. 언젠가 외국 시인의 책을 찢어 담배를 말아 피우는, 콘셉트가 확실한 친구를 봤는데 그러지 말았으면 좋겠다. 좀더 편하게 접근한다면 시집은 특별한 날 옷장에서 꺼내 입는 옷처럼 당신의 그날그날 기분을 색다르게 만들어줄 수 있다. 그러나 『거침없이 내성적인』을 한 벌의 옷에 비유한다면 이 자켓은 데일리하게 걸치기에는 조금 까다로운 옷임이 틀림없다. 일견 심심해 보일지라도 독특한 디테일이 있어서 다른 옷과 매치하기가 쉽지는 않다. 단순한 표면의 나열처럼 보일 때도, "녹색 모직 코트는 까끌까끌"(「프랑스에서 영화 보기」)하여 고독하고 까칠한 성격을 즉각 드러낸다. 동시에 "이런 어깨에 기댈 사람 있나요?"라며 친밀한 접촉을 청원하는 인간적인 모순 역시 드러낸다. 까끌까끌한 코트가 아니라 포근한 니트였다면 좀더 쉽지 않았을까? 아니다. 사실은 포근한 니트를 입고 "이런 어깨에 기댈 사람 있나요?"라고 물었다면 부담스럽고 싫었을 것이다. 자기 나름대로 까칠하고, 고집스럽고, 그래서 고독한 면모가 있지 않은 예술이 매력적일 수 있을까?

　이러한 모순이 「이 자켓 착용 설명서」를 쓰게 했다. 하지만 옷을 설명하려고 보니 이 '설명'에—자켓 자체의 모순이 아니더라도—기본적으로 두 가지 어려움이 있음을 알게 되었다. 첫째로, 아무리 난해한 디자인이더라도 자켓 한 벌에 대한 설명은 거의 불필요하다. 어떤 모자와 장갑, 액세서리, 바지와 매치하느냐가 중요한 문제인 것이다. 한마디로 옷의 의미는 관계 속에서 소급적으로(코디를 끝냈을 때) 구성된다. 따라서 옷을 배달받게 될 당신이 어떤 옷들을 가졌는지 모른 채 한 벌의 옷을 설명하는 것은 무용지물일 공산이 크다. 둘째로, 이것이 더욱 이러운 문제인데, 관계가 옷을 규정할 뿐 아니라 옷이 관계를 규정하기도 한다. 다음 시에서처럼.

> 그럼 눈을 따라가지 않는 삶을
> 꿈꾼 적 없어?
> 음, 추위 없는 도시에선
> 물건을 팔 수가 없는 걸
> 내가 가진 안감은 겨울에 쓸
> 두꺼운 것밖에 없어
> 입는 옷도 마찬가지고
> 요이는 손에 쥔 은색 방울을
> 한 번 흔든다
> 그렇겠지 요이는
> 눈의 방향을 따르는 이니까
>
> [······]

광장에서 돌아온 요이는

옷더미들을 아주 큰 가방에 접어 넣었다

옆에 앉아 원단 개키는 것을 도왔다

주말이 오기 전에 도시가 품은

흰 잔상은 사라질 것이다

요이는 겨울이 온

다른 도시 쪽으로 걸어나갈 것이고

은방울은 그곳의 서늘함을 품고

울릴 것이다

　　　　　　　　—「양초를 빚고 빛나게 하지」 부분

'나'는 네 계절의 옷을 갖추고 한곳에 정주하는 사람이고, 요이는 한 종류의 옷(겨울옷과 겨울옷을 위한 안감)만 갖고 계절의 항방을 따라 세계를 떠도는 사람이다. 따라서 두 사람은 절기에 따라 스치듯 함께할 수 있다. 여기서 체류지와 옷의 종류는 반비례한다. 만약 당신이 한 도시에 머무르려 한다면 다양한 종류의 옷을 구비해야 한다. 당신이 옷을 한 벌만 가졌다면 여러 도시를 떠돌아야 한다. 어떤 옷들을 가졌느냐가 삶의 방식과 관계의 양상을 결정짓기 때문이다. 이 시에 나타나는 둘의 관계는 이자켓이 그리는 여러 이자관계二者關係의 한 원형을 보여준다. 두 사람의 만남이 서로의 의지가 아니라 옷과 계절의 반비례 공식 아래 있다는 점에서, 요이와

'나'가 보여주는 관계의 양상을 **소외**라고 하자(이 소외는 단순히 부정적인 것만은 아니다. 이러한 소외를 통해 우리는 어떤 양식, 어떤 스타일을 갖게 된다).

요이와 끝난 축구: 소외의 양상

위의 시에서는 둘의 형식이 정주와 유목이라는 다소 '철학적인' 배치로 나타나지만, 이자켓의 시에는 이 외에도 여러 구체적인 이자관계가 등장한다. 둘의 양상은 다양하지만, 대체로 잠깐 스치거나 어긋나는 관계들이다. 그가 그리는 사랑의 관계 혹은 성적 관계에는 단독성이나 고유성이 없고, 단단한 결속이나 동거를 위한 끈질긴 협상이 없다. 이자켓의 시를 관류하는 정서가 있다면, 이러한 관계의 불안정함과 찰나성, 어긋남에서 비롯되는 어떤 동시대적 외로움을 꼽을 수 있을 것이다. 이 외로움은 때때로 옷을 "방어 태세"(「복어 가요」)로 여미게 하는데, 실로 이자켓의 꾸미지 않은 듯 꾸민 언어는 무언가 다른 속내를 숨기고 있는 것처럼 의뭉스럽게 느껴지는 면이 있다.

글쓰기의 형식에 집중해보면, 우리는 이 시집의 텍스트에서 어두운 길을 만들며 지나가는 뱀의 움직임을 알아볼 수 있다. 시인의 고쳐쓰기는 "덤불로 몸집 작은 뱀이 드나들"(「고쳐쓰기」)듯 굽이굽이 이어진다. 시어들을 목걸이 만들 듯 한 줄로 엮어보아도 뚜렷한 형태를 갖추기보다는 "조개껍데기가 물뱀이 되어서 달아"(「가는 버스」)나듯 의미의 그물망을 빠져나간다. 그물을 휘저어봐야 걸리는 것은 "뱀들이 차가운 비늘을 벗고 남긴 허물 뭉치"(「탓」)다. 버려진 포장지, 의미의 찌꺼기들, 관계 후의 담배꽁초, 타버린 성냥. 도처에 굴러다니는 이 고독한 찌꺼기들은 약간의 냉소를 자아내는데, 소파에서는 "맥 빠진 소리"(「축구를 사랑해서」)가 나고, 얼음 조각은 "맥없이 나뒹"(「복어 가요」)굴고, 체스말은 "맥없이 바닥에 떨어져 굴러"(「고쳐쓰기」)다니고, 버려진 배에서는 "맥 빠진 소리가 뿌—"(「배 타요」) 들리는 것이다. 알맹이가 사라진, 본질적인 내용이 빠져나가 버린, "비닐이 부스럭거"(「떠나기 전에 묻기」)리는 소리의 산문적 열거가 자아내는 묘한 쓸쓸함.

성냥을 그었고 그때부터 우리의 대화는 시작되었다
관중은 꺼지지 않을 불씨처럼 움직였다

일어날 수 있을까
크게 다친 것 같진 않은데
[……]
대체할 후보는 있어

동물원의 기린처럼 말이야

너는 얼음 같은 나의 입술을 녹이고
서서히 밀착했다
경기는 여전히 큰 점수 차였고
판세는 뒤바뀔 것 같지 않았다
우린 서로 몸을 엎치락뒤치락하며
기괴한 모양새가 되어갔다
긴 다리가 천장으로 바닥으로 향할 때
소파 가죽은 맥 빠진 소리를 냈다

[……]
대각선에서 힘이 실린 슛이었어
관중의 환호성도 대단했지
맞아 대단했어
축구를 사랑해서 그렇지
응 축구를 사랑해서
가끔 선수들이 기린 같아
동물원에 갇힌?
맞아 우리 안에 갇힌
언제든 긴 다리로 우리를 나올 수 있을 텐데
그러지 않아 우리에서 우리의 규칙을 지키고 말아
우리도 그렇지 않아?

서로의 문밖을 나서면 끝인데 말이야

—「축구를 사랑해서」 부분

    부상 당한 선수는 '대체할 후보가 있다'는 사실 때문에 동물원의 기린에 비유되고, 사랑을 나누는 우리는 "긴 다리"로 기린과 연결된다. '대체 가능한 선수=기린'이고 '기린=긴 다리의 우리'라면, 삼단논법처럼 기린을 매개로 '너'와 '나' 역시 '대체할 수 있다'는 결론으로 이어지는 것은 당연한 수순이다. 그러나 성냥이 꺼지듯 관객들이 빠져나간 뒤에도 선수들이 "그라운드에 드러누워 오랜 시간 일어나지 않"는 이유는 "축구를 사랑해서"일 것이다. 마찬가지로 한 발짝 나아가면 이 관계가 끝나버릴 것을 아는 '너'와 '나'는 사랑 때문에 헤어지지 못하고 있다. 그렇다면 사랑의 맹세를 하고 서로에게 충실하면 될 텐데 그것도 쉽지 않다. 어째서 그렇게 어려운 것일까? 왜냐하면 사랑은 대체 가능성 자체를 대체하지 못하고 있기 때문이다. 기린이 사라지면 동물원은 다른 기린으로 우리를 채울 것이다. 기린은 동물원의 역사, 동물원의 경영에서 소외되어 있다. '우리'의 연애도 이와 같다. "우리의 규칙"은 전반적인 대체 가능성 속에서 매우 약한 결속, 일시적인 둘의 양식을 만들어내고 있다.

폭발 직전의 목도리

앞서 살펴본 시에서는 두 사람의 관계 양상과 다른 대상(축구 선수, 기린)의 특징이 연결되면서 뒤섞였다. 사물과 상황은 관계의 면면으로 유연하게 스며들어 둘의 양상을 보여주는 이미지로 결정화되는데, 이 화학적 섞임은 이자켓이 잘 구사하는 기술이다. 물론 이때 '사물'은 사물 자체가 아니라 사물을 대체하는 언어 즉 시니피앙이다. 서사적으로는 아무 일도 일어나지 않는 듯 보이는 시에도 시적 사태가 있는데, 시니피앙의 조용한 화학 작용이 그것이다. 표제작인 「거침없이 내성적인」은 이러한 특징을 잘 보여준다. 화자는 "오키나와 아저씨 슈"를 만난다. 화자는 슈로부터 "독특한 질감의/명함"을 받는다. 둘은 여름날 명동 거리를 걸으며 땀을 흘린다. 이후 펼쳐지는 시적 사태는 잠·땀·섬·꿈·물이라는 시적 용매들의 화학 작용으로, 시니피앙의 연쇄가 꿈의 안팎으로 재미나게 이어지고 있다.

명함을 살펴보았다
뒷면 구석에
섬 하나가 있었다
녹색으로 뒤덮인 육지와
파도 조각들

그 모양새가 재밌어

유리컵 표면에 맺힌

물기로 적셔보았다

명함은 젖지 않고

물방울이 옮겨 붙어

매달렸다

잠에서 깬 슈는

두툼한 입술을

손가락으로 훑고

머쓱하게 웃어 보였다

제가 자주 졸아서요

밤에는 도통 못 자다

잠깐 시간 나면

거침없이 찾아와요

견딜 수 없이 잠이 몰려와

허름한 울타리를

뛰어넘는 동안

넋이 나가는 거죠

꿈에서 사람이 무척 붐비는

섬마을에 가요

바쁘게 지나치는 사람들 속에서

땀이 무척 나죠

등줄기를 타고 내려가는

땀방울 끝에

바다가 보이죠

—「거침없이 내성적인」 부분

여기에는 관계의 변화, 대립, 이별, 갈등 해소 같은 서사적 전개가 없다. 교훈이나 주장도 없다. 따라서 저글링 하듯 순환하는 단어들의 연쇄를 섬세하게 읽지 않으면 이 시에서 무슨 사태가 벌어지는지 목격할 수 없다. 종종 어떤 관계가 생활에 야기하는 변화도 이 정도로 사소하며 모호할 것이다. 「그것이 문제라면」의 초점 인물 '구'는 여느 날처럼 라면(라면의 이름은 '그것이 문제라면'일까?)을 끓이고 있다가 "막연히 살겠지, 여긴 친구"에게 걸려 온 전화를 받는다. 시시콜콜하고 기묘한 이야기를 한참 듣고 전화를 끊은 후 구는 끓이던 라면을 먹는다. "높이 건져 올린 면발은/평소보다 조금 불어 있을 뿐 훌륭했다/그것이 문제라면 문제겠지만". 아마도 대부분의 경우 시가 당신의 삶에 야기할 수 있는 변화 역시 이 정도일 것이다. 다시 말해 시는 꼬들꼬들한 면발 같던 하루를 불어버린 면발 같은 하루로 바꿀 수 있다.

하지만 시와의 만남이 때때로 그렇듯이 두 사람의 만남과 이별에는 미묘한 차이, 조용한 화학작용, 아련함에 만족하지 못하는 극단적이며 감정적인 국면 역시 있기

마련이다. 혹은 차이들의 생산과 화학 작용을 (불)가능
하게 하는 욕망과 충동의 차원이 있는데, 그 차원은 연
쇄적인 시니피앙의 파열을 통해 모습을 드러낸다. 다음
시는 그러한 '파열'을 예고하고 있다.

> 합정까지 걸을까?
> 추운데
> 목도리 빌려줄게
> 너는?
> 난 추위 잘 안 타
> 추워서 머리가 멈췄나 봐
> 겨울이라 그런가
> 차디찬 골짜기인 거야
> 그곳에 도달한 생각들은
> 모두 얼어붙는 거지
> 그 골짜기 다 녹여주고 싶다
> 그럼 범람할 거야
> 아무 말이나 쏟아져 나올 거야
> 그건 안 돼
> 왜?
>
> [······]

10번 출구가 보였다

목도리를 돌려받았다

조심히 가

너도……

넌 뒤돌아보지 않고

에스컬레이터를 통해 매끄럽게 사라졌다

점점 작아지는 뒤통수를 보다

돌아섰다

코트 주머니에는 킹 크룰의 앨범이 들어 있었고

움켜쥔 목도리는 방어 태세의 복어만큼 부풀어 올랐다

　　　　　　　　　　　　　　　——「복어 가요」 부분

'나'는 산책하면서 '너'에게 목도리를 빌려줬는데, 돌려받은 목도리는 "방어 태세의 복어만큼 부풀어 올랐다". 이 '부풀어 오름'은 말의 폭발, 말의 범람을 예고한다. 화자는 그러한 폭발과 범람을 직접 수행하지는 않지만, 조만간 "아무 말이나 쏟아져 나올" 수 있음을 알고 있다. '너'와의 관계는 그러한 범람을 제어하고 언어에 일상적인 형식을 요구하지만, 동시에 그러한 제어에 대해 "왜?"라고 히스테리컬하게 반문하는 계기가 되기도 한다. 이러한 "왜?"는 '내가 너에게 어떻게 (말)해야 하지?'의 다른 말로, 이러한 질문이 곧 주체가 분열할 전조인 것이다. 그 틈으로 새어 나오는 언어를 따라 우리는 옷의 어두운 안쪽을 마주하게 된다.

일광이와 거꾸로 가는 자전거: 분열의 양상

당연한 이야기지만 갑자기 튀어나오는 말실수, 충동적인 뇌까림, 신들린 듯한 방언은 단순한 시니피앙의 유희로 이해될 수 없다. 실로 이 시집 곳곳에는 이해를 거부하는 말의 범람처럼 느껴지는 부분이 있으며, 그 구절들은 의미 없는 묘사의 나열처럼 보이는 동시에 성적으로 해석될 여지도 있다. 말하자면 시집 전체에 난해한 이중성을 부여하고 있다. 이 해설에서 그러한 부분을 일일이 언급하면서 씨름할 수는 없을 것이다(여기서는 "단지 성욕의 수수께끼와 시니피앙의 유희 사이에 일종의 친화성이 있다는 사실만을 지적하고자 할 뿐."이다[1]). 다만 몇 가지로 유형화 가능한 둘의 양상을 살펴봄으로써 관계 속에서 주체가 겪는 곤궁을 우회적으로 짐작해볼 것이다(우리는 이미 '소외'에 대해서는 살펴보았다). 이 시집에는 관계의 원형을 보여주는 몇 편의 시가 있는데, 다음 시도 그중 하나다.

1 자크 라캉, 『자크 라캉 세미나 11—정신분석의 네 가지 근본 개념』, 맹정현·이수련 옮김, 새물결, 2008, p. 228.

나랑만 자는 담요를
티셔츠 안에 말아 넣고
일광이네 간다

담벼락 잔재를 넘어서
옆 동네로 간다
골목 잔챙이들이
배를 보고
쟤 올챙이 배 아냐?
뭘 먹은 거야
따라오며 소리 지른다
죽은 매미들
이 바보들
나 올챙이 아니에요
낳을 거야 말 거야
그럼 키울 거야?
죽은 어미들
눈가를 비비면 안 돼요

일광이네서
세발자전거를 탄다
페달을 밟으면

뒤로 구른다
일광이는 직진
나는 후진
같은 길을 간다

만두를 빚는다
납작하게 빚는다
종지에 손을 적셔
만두피에 물결을 줘요
양은 쟁반에 풀어줘요

나랑만 자는 담요를
목에 말고 잔다
암요, 난 버리지 않아요
걱정 마요 떼어놓지 않고
붙어 있을게, 약속

———「더 있어도 돼」 전문

　일광이와 '나'는 완전히 어긋남으로써 같은 길을 간다.
요이와 '나'의 관계가 상징화하는 것이 **소외**였다면, 일광
이와 '나'의 관계가 상징화하는 것은 **분열**이라 할 수 있
다. 이 시의 분열은 일반적으로 분열을 상징하는 갈라진
길의 흔한 이미지보다 더 정교하다. 이 시가 그리는 주

체의 분열은 같은 길을 가되 반대로 움직이는 것이다. 마치 반대로 말함으로써 동일한 의미를 전달하는 것과 비슷하다.

이 분열을 이해하기 위해서는 일광이와의 관계만큼이나 기묘한 담요와의 관계를 먼저 짚어봐야 한다. 축구 유니폼과 맥주, 담배나 명함 같은 성인들의 사물로 가득한 이 시집에서 '애착 담요'라는 유아의 사물은 독특한 존재감을 발산하고 있다. 이 사물을 어떻게 이해해야 할까? 물론 애착 담요는 어린아이의 심리에 대한 매우 전형적인 설명을 환기한다. 그러한 설명에 따르면 아이가 담요나 인형에 애착을 갖고 그것과 떨어지려 하지 않는 것은 보호자의 불안정한 현존 때문이다. 보호자(대체로 엄마)와의 관계는 인간이 처음 경험하는 이자관계로, 아이에게는 그 관계가 세상의 전부이며 보호자는 타자를 대표한다. 하지만 보호자는 다른 일을 하기 위해 이따금 아이의 곁에서 사라져야 하는데, 어른의 생활 논리를 이해하지 못하는 아이에게는 그것이 보호자의 불안한 변덕처럼 느껴진다. 이때 불안을 메워주는 것이 담요와 같은 사물이다. 성장하면서 이러한 애착 사물의 영역은 믿음과 취향, 향유의 영역 전반으로 확장된다.[2]

---

2 도널드 위니컷, 『놀이와 현실』, 이재훈 옮김, 한국심리치료연구소, 1997.

모든 관계에 내재한 어려움을 이러한 원초적 불안으로 해석하는 것은 관계의 다양한 양상을 지나치게 단순화할 위험이 있다. 그런 위험을 고려하더라도 이자캣의 텍스트가 관계에 대한 이런저런 정신분석학적 맥락을 유인하는 면이 있음은 확실해 보인다. 언어를 배우기 전 아이의 울음소리는 보호자의 언어로 번역되는데, 그 언어와 아이의 요구 사이에는 좁혀졌다 멀어졌다 하는 격차가 있다(소외). 아이의 모든 요구는 본질적으로 사랑의 요구인데, 아이가 언어를 배우더라도 언어는 이 본질적인 요구를 담지 못하므로 표면적인 요구와 심층적인 욕망의 층위가 엇갈려 나뉘게 된다(분열). 욕구의 수준에서 아이의 "밥을 주세요"는 밥을 달라는 의미이다. 그러나 사랑의 요구를 고려한다면 "밥을 주세요"는 사랑과 관심을 달라는 이야기이다. 심지어 "꺼져"라고 말하더라도 그것은 "날 사랑해 줘"를 의미할 수 있다. 이러한 이중성이 아무리 피로하더라도, 이것은 인간이 사용하는 언어의 본질이다. 일광이가 햇볕[日光] 속에 있다면 '나'는 일광이의 그림자이다. 언어를 사용하는 존재는 이 거꾸로 움직이는 그림자를 사라지게 할 수 없다.[3]

3　더 나아가 이 시에서는 그러한 '분열'이 그냥 지나치기 힘들 만큼 특이한 징후들로 나타나고 있다. "죽은 어미들"은 엄마의 부재를 영속화하면서 아이들의 놀림에 트라우마적인 그림자를 드리운다. "낳을 거야 말 거야/그럼 키울 거야?"는 사라진 엄마에 대한 주체

위의 시가 그리는 분열이 원형적이고 알레고리적이라면 분열을 보다 일상적인 모습으로 보여주는 시도 있다. 「프랑스에서 영화 보기」는 「축구를 사랑해서」와 비슷하게 동시대 연인의 일면을 보여준다. '너'와 '나'는 프랑스에서 "자막 없는 이국의 영화"를 보고 있다. 말을 알아들을 수 없으므로 인상만 받을 뿐 의미가 전달되지 않는다.

> 너는 졸고 있습니다
>
> 고개를 앞뒤로 꾸벅이다
>
> 때론 옆 사람에게 머리를 기대기도 합니다
>
> 어째서 내 쪽이 아니라
>
> 이국의 관객 쪽으로 머리가 쏠릴까요
>
> 그쪽이 편할까요
>
> 그편이 나을지도 몰라요
>
> 내 어깨는 좁고
>
> 녹색 모직 코트는 까끌까끌
>
> 네가 내게 기대면 나는 네게 기대고
>
> 우리 사이는 극명해지고

의 동일시(이것이 바로 신경증이다)를 보여주는 것만 같다. 이런 맥락에서 읽으면 갑자기 나오는 '만두' 이야기는 더 기묘해 보인다. 정신분석학자를 흉내 내어 말해보자면, 만두 이야기는 임신에 대한 꿈의 환유처럼 읽힌다.

그 쓸쓸한 거리를 걸을 테니까

저 배우는 언제부터 수면 위에 떠 있었을까요

평화로워 보여요 속을 알 수 없이

불투명하네요 상영이 끝날 때까지

수면은 맑을 예정이고

너는 잠에 빠져 허우적거리죠

[……]

너의 손이 왼쪽 어깨를 두드리고

이제 가자, 말해요

잠긴 목소리가 나를 데려가요

그곳에 서서 앉고 누워요

눈보라가 부는 파란 지붕 밑으로

수신호 없는 극지방의 벽난로 앞으로

천장에서 떨어진 이구아나가 드러누운 숙소 침대로

엉거주춤하게 모닥불이 피어오르죠

손을 내밀어 덥히면 좋겠지만

이젠 가야 해,

영화는 잊고

이제 가야 해요

                          —「프랑스에서 영화 보기」 부분

'우리'의 관계도, 외국어 대사도, 영화 속 배우도 아주 어린 시절의 기억처럼 혼탁한 수심에 잠겨 있다. '나'는 다른 사람에게 기대어 자는 '너'에게 야속함을 느끼겠지만, '너'의 입장에서도 마찬가지일 수 있다. "너의 손이 왼쪽 어깨를 두드리고/이제 가자, 말해요/잠긴 목소리가 나를 데려가요/그곳에 서서 앉고 누워요"라는 구절을 읽을 때 어쩌면 꿈을 꾼 것은 '나'였을지도 모른다고 의심하게 되기 때문이다. 한 사람이 깬 상태로 영화를 볼 때 다른 사람은 잠들어 있는 듯하다. "속을 알 수 없이/불투명"한 수면은 '너'와 '나'의 단절되었으면서도 공존하는 관계를 집약적으로 보여주는 이미지이다. 소통하지 못하지만, 아직은 함께하고 있다. 하지만 시의 마지막 연에서 "이젠 가야 해,/영화는 잊고/이제 가야 해요"라고 말할 때, '우리'의 관계는 이해하기 힘든 영화처럼 몇 가지 인상만 남긴 채 끝나 버릴 것 같다.

릭과 세계의 절반: 분리의 양상

설명서의 역할을 다하기 위해 마지막으로 중요한 힌트를 발설하자면 이자켓의 텍스트는 '리버시블', 즉 뒤집어 입을 수 있는 옷이다. 하루는 녹색에 까끌까끌한 면을 바깥으로 해서 입었다면, 다음 날은 붉은색에 매끈한 면을 드러내 입을 수 있다. 어제는 어둠 속에 잠겨 있었던 옷의 안쪽이 오늘은 세상 밖에 드러나 빛을 받을 것이다. 이러한 이중성은 이자켓의 시에서 여러 이자관계로 알레고리화되어 나타났다. 동시에 이 관계들은 시를 읽는 상반된 두 가지 방법을 제시하고 있다. 이제 이자관계의 한 결론을 보여주는 듯한 시 「세상의 절반」을 부분 부분 나누어 읽어볼 것이다.

> 릭은 말이 많은 것이 달갑지 않다고 했다
> 그러니 나는 릭에 관해 쓸 수 있다

시의 맨 앞부분이다. 즉각 드러나는 것은 릭과 '나'의 역설적 관계로, '나'가 릭의 침묵으로부터 글쓰기의 당위를 얻고 있다. 릭은 "한마디 더 얹지 않고/한마디 없거나 참지 아니하(「시인의 말」)"는 이상한 설명서와 같은 존재인지 모르겠다. 그렇다면 '나'는 '이상한 설명서를 설명하려 하는 이상한 설명서'일 것이다. 이 역설적 쓰기는 어떤 의미에서 진정한 시적 말하기의 시작일 텐데, 그러한 '시작'의 단서가 시집의 거의 끝에서 제기된다는 점이 재미있다. 다음은 릭과 '나'의 대화이다.

> 릭, 가로수가 꼭 발가벗고 있는 것 같지 않아?

가지가 잘린 것이지 벌거벗은 게 아냐

가로수의 속살이 보이는걸

그건 속살이 아니라 나무의 단면이야

속살을 보인다는 건 비애와 닮았어

나무는 그저 나무일 뿐이야

나무는 나체, 나체는 나무야

'나'는 은유로 말하는 반면, 릭은 고집스러운 동어반복을 통해 사실만을 말하려고 한다. 이제 첫 연이 다시 이해될 수 있을 것 같다. 둘은 애초에 반대로 말하는 사람이다. 그리고 '나'는 침묵하는 릭 조차도 은유적으로 바라보고 묘사할 것이다. 그런데 인용한 시의 첫번째 연을 읽어보면 릭과 '나'는 동일 인물임을 알 수 있다.

자주 가던 이발소에 들렀다

릭과 나는 자리에 앉아 거울만 바라봤다

나는 릭이 비추어진 거울을

릭은 자신을 비추는 거울을 바라봤다

스포츠머리요

두 명의 이발사는 같은 자리에서

같은 머리를 만들기 시작했다

말없이 서로의 눈을 힐끔 쳐다봤다

릭은 거울 건너편에 있는 '나'이다. 이자켓의 시에서 이자관계를 피할 방법은 없어 보이는데, 주체는 혼자 있을 때조차 둘이기 때문이다. 둘의 양상을 역추적하면서 우리가 마주하는 것은 행복한 조화나 공생보다는 투명하고 차가운 단절면이다. 바로 거기에서 시적 말하기가 시작되었던 것이다. 이제 시의 마지막 부분을 읽어보자.

나는 절반만 사는 듯했다
벌거벗은 나무와 나무처럼
영원히 채워지지 않을 간격을 두고서
서로에게 잘린 팔을 뻗고 있었다

[……]
릭, 나는 네게 한탕 치고 싶었어
그 앞날이 지옥이건 비애건 어느 쪽이라도 걸 수 있었어
지금은 무엇에도 걸 수 없고
릭은 언제나 그대로, 그대로
이젠 릭을 부를 수 없다

겨울이 온 행성의 절반은 여전히 어두웠다 그리고
차가웠다

둘은 원래 분열되어 있었는데, 어떤 이유에선지 이제

완전히 **분리**되었다. 릭과 '나'는 "행성의 절반"처럼 한쪽이 빛을 받으면 한쪽이 그림자에 잠기고, 한쪽이 여름이면 한쪽이 겨울인 관계다. 일광이와 '나'의 관계가 동일한 표면을 형성하며 반대로 진행되는 패턴들이라면 릭과 나의 관계는 뒤집어지는 장갑의 양면과 같다. 이를테면 한쪽은 뻣뻣한 가죽이고, 한쪽은 부드러운 털인 장갑. 가죽이 노출되어 있을 때 털은 보이지 않는다. 장갑을 뒤집어 털을 바깥쪽으로 한다면 가죽은 보이지 않는다. 은유로서의 세계가 보일 때 물질적인 세계는 보이지 않고, 물질적인 세계가 보일 때 은유적인 세계는 보이지 않는다. 이 분리된 두 측면 사이에는 '무無'밖에 없다. 언어도 없고 물질도 없는, 나도 없고 타자도 없는, 진공 상태의 심연만이 분리된 두 측면의 교집합을 이룬다.[4]

분리는 분열보다 한 단계 더 나아간 상태다. 분열된 둘이 반대로 작동하면서도 함께 움직인다면, 분리된 둘은 세상을 양분하고 만날 수 없게 된다(만나려고 하면 '무'를 만나게 된다). '나'는 분열된 상태에서는 "어느 쪽이라도 걸 수 있었"는데, 분리되고 나자 "무엇에도 걸 수 없"게 되었다. 바로 이것이 주체가 자신의 환상을 깊이 들여다볼 때 마주하게 되는 심연일 텐데, 판단의 근거를

---

4 이 문단은 메를로-퐁티의 "가역성: 뒤집어지는 장갑의 손가락"에 대한 노트를 참조했다. 모리스 메를로-퐁티, 『보이는 것과 보이지 않는 것』, 남수인·최의영 옮김, 동문선, 2004, p. 379.

제공해주던 타자the Other의 결여를 마주해서 모든 기준과 근거를 잃어버리게 되는 것이다. 하지만 이러한 상실은 동시에 글쓰기의 시작이었다. 이때 쓰기는 은유의 세계가 상실해버린 사물, 연락이 끊긴 사물에 대한 더듬거림이 된다.

이자켓의 이자관계는 동시대 연인 혹은 친구 관계에 대한 일상적 묘사로도 읽을 수 있고, 자신의 소외와 분열을 마주한 주체의 내적 현실을 은유하는 것으로도 읽을 수 있다. 이 두 측면은 시집을 전개하는 두 악장으로, 어느 쪽에 귀를 기울이냐에 따라 곡을 완전히 다르게 해석하게 될 것이다. 하지만 연인의 드라마든 주체 내부의 드라마든 분명한 것은 '둘'의 엇갈림이 시적 말하기에 시동을 걸고, 동시에 시적 말하기는 어긋난 들의 양상을 역추적한다는 점이다. 이 탐색은 시니피앙의 화학 작용을 일으키는 촉매가 된다. 물론 '쓰기'에 시동을 거는 로직을 추적하는 일만큼이나 '읽기'에 시동을 거는 로직을 찾아내는 일도 어렵고 중요하다. 「세상의 절반」은 시집 전체에 대해—소급적으로—두 번의 독해가 있어야 함을 요구하고 있는 듯하다. 릭은 사실만 보기를 고집하고, '나'는 은유로 읽기를 고집했듯이 시집에서 지나쳐 온 문장들을 두 번 읽어야 한다. 그러한 읽기를 통해 이 리버시블 자켓의 정직하고 음침하며, 거침없이 내성적인 양

면을 즐길 수 있을 테니까. 가령 다음과 같은 구절을 이
제 어떻게 읽을 수 있을까?

  싱크대에 봉투를 놓고
  포크로 수차례 찔렀다
  사방에 뚫린 구멍으로
  물줄기가 빠져나왔다
  소파는 눌린 자국 없이
  판판했다
  싱크대를 두드리던 물줄기가 멈추고
  오그라든 비닐이 남았다

  ——「카 토크Car Talk」 부분

  얼음을 사러 마트에 갔다 왔는데 이런저런 대화를 하
고 커피를 내리는 동안 얼음은 다 녹고 비닐 속엔 물뿐
이다. 물을 빼내고 나니 그 많은 행동과 말 끝에 남은 것
은 "오그라든 비닐"뿐이다. 물론 「세상의 절반」의 릭이
라면 "'오그라든 비닐'은 오그라든 비닐일 뿐'이라고 말
할 것이다. 그러나 그 시의 '나'라면 "오그라든 비닐"이
무언가의 은유라고 주장할 것이다. 은유적으로 읽자면,
이 "비닐"은 내용을 다 소거한 후에도 남아 있는 무언가
라고 할 수 있겠다. 설명을 다 했는데도 설명되지 않고
남아 있는, 다른 설명의 여지를 계속해서 남겨 놓는 무

언가 말이다. 욕망을 불러일으키지만 그 자체로는 텅 빈
것. 옷의 양면 사이에 있어서 손에 잡을 수 없는 것. 쓸
모없어진 사물의 봉투가 되는 것. 어쩌면 그것을 시라고
할 수 있을 것이다. ▨